广雅

聚焦文化普及,传递人文新知

广 大 而 精 微

春树作品系列

抬头望见北斗星

春树 著

广西师范大学出版社
·桂林·

Chun Sue

抬头望见北斗星

TAITOU WANGJIAN BEIDOUXING

图书在版编目（CIP）数据

抬头望见北斗星 / 春树著. --桂林：广西师范大学出版社，2023.4

（春树作品系列）

ISBN 978-7-5598-5819-1

Ⅰ．①抬… Ⅱ．①春… Ⅲ．①散文集－中国－当代 ②短篇小说－小说集－中国－当代 Ⅳ．①I217.2

中国国家版本馆 CIP 数据核字（2023）第 030304 号

广西师范大学出版社出版发行

（广西桂林市五里店路 9 号　邮政编码：541004

网址：http://www.bbtpress.com）

出版人：黄轩庄

全国新华书店经销

广西民族印刷包装集团有限公司印刷

（南宁市高新区高新三路 1 号　邮政编码：530007）

开本：787 mm ×1 092 mm　1/32

印张：6.125　　　字数：100 千

2023 年 4 月第 1 版　　2023 年 4 月第 1 次印刷

印数：0 001~5 000 册　定价：42.00 元

如发现印装质量问题，影响阅读，请与出版社发行部门联系调换。

再版序

这本书是我的第三本书,也是我出的第一本包含散文及短篇小说的书。我喜欢这些长短不拘的文章,当时在写它们的时候我完全没有字数或题目的束缚,完全是想怎么写怎么写、想写到哪里写到哪里,反而清新可喜。它们没有太多名人名言的引用,也没有什么成体系的思想脉络,完全是我少女时期某一段时间的内心感受或生活随笔,属于"性灵派",我喜欢它们。

书里的几个短篇我也时常想起来,也偶尔被朋友兼读者们提起,比如《窗外下着雨》《新死》和《故乡》。有位写小说的同龄人曾与我提起《窗外下着雨》,这是他刚开始写小说时读到的,他说这篇小说就是他想写成的那种小说。《新死》后来翻译发表在日本集英社旗下的纯文学刊物《昴》（すばる，2005年8月刊）上。《故乡》也成为我日后写长篇《乳牙》时常回顾的一篇文章。

编辑和我一起修订了一些错别字及病句，以及删除了少量不适合目前出版环境的语句。除此之外，为保持文字的尊严，我们尽量维持了初版时的原貌。因隐私故，《窗外下着雨》的人物姓名、校名有改动。

谢谢大家。

春树

2022.12.25 于柏林

自序：我有多坚强，就有多脆弱

朋友豆包说，这些文章很像是写给若干年后的自己的，有种见证感。

是的。

有的东西必须要在合适的时候出现在大家的面前，过时不候。那是我珍藏的记忆。

这里是一些散文和几个短篇。我很少写短篇小说，所以每一篇，都是我的最爱。

我也在费心为这个集子取个合适的名字。到目前为止想到的有《泪眼问花花不语》《抬头望见北斗星》和《变富或者死去》。

我喜欢听革命歌曲，比如《世界是你们的》。那首

《抬头望见北斗星》，歌词我很喜欢："红军是您亲手创，战略是您亲手定……"听着就带劲儿！

我也用"抬头望见北斗星"写了一个短篇。真的很短，一千来字，风格却是我从来没有尝试过的。

于是我就打算用这个名字了。他们说这个名字让他们想起从前，他们说这个名字太"强硬"，但我管不了那么多了！

这个夏天和以往的夏天不太一样，一会儿是烈日炎炎，一会儿是狂风暴雨，在北京这个七月奔波着出版这本书，确实很苦。我用听音乐、拍照片和看演出来平衡这段焦躁的等待。我认识了奇奇怪怪的人，我在午夜看着电影，我不断遭受心碎又不断复原。我看到了红色的天花板，夕阳西下时湛蓝的天空和夜晚大朵的云彩。我在写字时，常常一边听音乐一边喝速溶咖啡，要不是我刚从朋友那里拿了几袋咖啡，我就只能喝矿泉水了。平时我的家里连咖啡都没有，我用的都是一次性杯子。

我用的那个傻瓜相机，造型简单，冰淇淋一样的冰蓝冰白色，塑料的，好像碰重一点就会碎。我开始看苹果的网站和一些摄影网站。

Where is my mind?

Where is my mind?

我的第二本小说《长达半天的欢乐》里的女主人公的名字叫"春无力",我当时说过,下一本书,她的名字叫"春有力"。

请叫我"春有力"。

这是我的第三本书。

春树

2004.7.11

目 录

1 怀恋的冬夜

乱七八糟	_3
鲜黄色秋衣	_6
没有题目	_9
青春无悔不死/永远的爱人	_12
阳光不只照耀童年	_18

2 海边的陌生人

周末晨昏 _21

在路上 _26

屋顶上的孩子 _28

上海像清华 _31

新春天,新春树 _35

欢乐 _38

我何曾真的青春过 _41

向着那鲜花去,因为我最怕孤独 _47

3 我不知道那条路通向何方，它的形状是A

读诗就像看美国大片，都是消遣　_53

谁能给你哲学的生活　_55

痛苦是不以事件为例的　_59

关于八〇后，我又能说什么　_61

总有一种感觉让我们一意孤行　_64

我容易吗我——不知道该起什么
　　名·写迷笛　_69

关于诗歌　_77

4 我的八〇后和十九岁的夏天

我的八〇后和十九岁的夏天　　_81

关于啤酒和香烟　　_86

关于后海　　_89

关于北京　　_92

爱情大师讲爱情　　_96

怪你如此叛逆　　_100

5 泪眼问花花不语

奇遇　　　　　　　_105

窗外下着雨　　　　_111

新死　　　　　　　_156

故乡　　　　　　　_170

所有被激情和野心击碎的暗夜里
蓝色的月亮点燃整个世纪的夜晚
我知道时间会带走一切
雨水可以冲刷掉灰尘
却带不走孤独

1
怀恋的冬夜

乱七八糟

对未来没有信心,实际情况是对我们的未来没有信心。去他的吧,无所谓嘛。

我不想再写了,接着打电话吧。

感觉自己已经不在青春这个状态里了。逃也逃不开。

不是不年轻的,而是心态变了,变得太多太快,以前什么样感觉已经有些想不起来了。

想,也许是想念,也许不是。距离产生远。

妈妈又打来电话,她让我多穿衣服,还问我吃没吃晚饭。

匆忙中不知怎么回答。

有些眩晕。可能跟身体不好有关。

冬天一到，人更有惰性。这多么的烦。

我还在这里瞎打打字，好在还有打字的想法。

很晕。听着乱七八糟的音乐，我乱七八糟地飞着。难道我就是这么不会生活吗？天，我不要这么不会生活。我要懂生活，会生活。不要再沮丧。是的，就是沮丧。我能不能不沮丧？我离真正的生活太遥远。或许，以后应该去工作，体会一下正常人的生活？我患了自闭症。我老是一个人待在屋里，不出门。我觉得可能还是我这个人有点问题，我适应不了大多数人的生活。怎么办呢？

如果我没有条件坐在电脑前打字，可能就是在上学或工作，一样得风里来雨里去的。从什么时候开始我也没有那种"阳光明媚"的感觉了？我想努力找回来。

可能就是我不幸的少年这一段时光，让我心底里有很多伤痕。

我也不知道我的初恋是谁。

我还就是一个很无聊的人。天天很无聊地待着、过着。这就是生活吗？我对未来为什么没什么计划和打算？或者我为什么忍受不了天天去学校？我就是这么冲动吧。现在后悔也来不及了。

说不好我追求的是什么，可能就是"热闹"吧。一个人，实在是孤独。我最近为什么这么多愁善感？可能我一直都是个多愁善感的人吧。秋天，本身就很容易让人多愁善感。

我怎么办呢？有谁会忍受我这么一个一无是处的人呢？我现在内心涌动的都是"乡愁"。

鲜黄色秋衣

我的桌子又一次变得凌乱不堪。不是我不收拾，它实在是太容易乱了，像我的思维一样。我总是时间不够用，睡到下午起床，念叨着"不要慌"，去吃饭。晚上开始工作和作乐，周而复始。

很少出门，有的是时间浪费，我从莫扎特听到莫文蔚，从《世界时装之苑》看到最新一期的《非音乐》。《非音乐3》的选曲特别好听，我接连听了数遍仍未过瘾。

把蓝色的指甲油抹掉，擦上崭新的橘红色，秋天来到了嘛。

去香山的路上，戴着大大的红色墨镜，看窗外穿着校服的孩子们坐车、骑车呼啸而过。我羡慕他们。我也曾经和他们一样，这么快就变了呀。我想回到家乡，这次我长大了一些，要用照相机记录一切。看电影，看书。看了陈凯歌新片子《和你在一起》。

今天见了萧颂。他就要走了，就见了他。我们在免费公园里散步，踩在草上。好久不写日记了。写也就写一句。

一边写一边听"果味VC"的专辑。

怕老。

怕疼。

怕冷。

北京的冬天总是很冷。一个人待着不冷才怪。

新小说写得我不死也只剩下半条命。都是熟人的事儿，你说叫我怎么写？小说不能用真名，要注意影响，要写得有悬念……不能重复。已经写了七万字，还差五万左右。神啊，保佑我才思如泉涌。起码保佑我的创造力。有创造力的人永远年轻。

对我来说，只是一个总结。如果不总结，也许我就忘了。

　　我在写一篇关于职业高中的批评文章呢。老在梦中梦到它，总是不会做数学卷子，看不清黑板上的字，同学不认识什么的。

　　冲下白色的手纸。我喜欢物质。

没有题目

这突然安静下来的静，突然已经不习惯了。是从什么时候起，我已经不习惯这静了？

多少个从前的夜晚，我都是一个人躺在床上。家里永远没有烟缸，CCCP曾送给我一个，还被我失手打碎了。

我的脸坏掉了，我的脸由于我抽了过多的烟变得敏感不堪。刚才实在想写一首诗，但写不出来，连题目也不知道该用什么好。愣了半天，心里只有一句话：杀了我吧。我是真的感到彷徨。

告诉我痛苦是什么颜色，

是不是我看到的眼前的黄色?

告诉我寂寞是什么颜色,

是不是天天天蓝的颜色?

在听《我的一九九七》,眼眶里有泪。为什么思想会如此不同,告诉我我以前的追求全部都是错误的,全部都是可笑的。

我九岁时离开家乡莱州,来到了这个我已经无法放开的地方。是不是我在什么地方我就无法离开什么地方?是不是谁爱我我就要赞同他的思想?

突然又想死,我是不是重新变得幼稚?我无法放CD,可能是盘有问题,于是我倒着磁带,只要让我的周围有一点点声音。都在说物质,物质物质物质,物质……

我是不是真的变了?他们说我成熟了,比以前更好接近了。我觉得自己不真实了。我在为了什么变成这个样子?为了不想折磨那个冲动情绪化的自己,无论何时发起疯来回头看看都不可思议。

我到底什么时候才能走开?

"这个冬天雪还不下……"

我忽略了整整一季的秋。

强忍着我暴躁的脾气,心都要揉碎了来满足你的嗜好和要求,你知道我不是那种很做作的女生。

无论怎么做、做什么,都会有人骂。他们理由充足,我都习惯了,随便吧。

在这里如果也无法真正表达,我总希望和知道会有志同道合的人来理解,别的可以忽略不计。

青春无悔不死/永远的爱人

2002年，我做的两件最大的事就是出版了我的小说《北京娃娃》和自己印出了《八○后诗选》。对这一年，我记忆深刻的只是夏天和冬天。我能感受到的是两极巨变。

夏天。我最喜欢的季节。

夏天。有绿树和垂直阳光的季节。它让我想到混乱的生活、懒洋洋、比基尼泳衣、高中课堂、青春、热血、无穷无尽的想象力、友情、梦想、冒险、怪兽、阴天、下雨、为了某事而赌上全部的未来……

冬天。下雪天。有月光的季节。雪是天使降落的眼睛，模糊了地面。冬天。斜阳、冰冷的地面、被窝、古龙的小说、伊万·布宁的《不相识的朋友》、王磊的《一切从爱情开始》、诗歌、烟熏火燎放着流行音乐的网吧。网吧中的我正趴在桌面上睡觉，身旁放着"统一"冰红茶和"中南海"。咖啡和茶叶。

在我还"年轻"的时候，有人问我为生活付出过什么。情急之中我灵机一动用了罗大佑《爱人同志》的歌词来回答："付出我青春的血汗与眼泪。"

听着跟笑话似的。

2002年，我有了很多自己的照片。有别人给我拍的，有朋友拍的。加起来比我以前所有的照片还要多。从来不知道我还可以变成一个逆来顺受、妩媚的女子，张着无辜的眼睛，来凝视镜头。记忆中的自己，永远是像风一样呼啸而过。我上幼儿园时和班里的小朋友站在春天家乡的桃树底下拍的相片，双手叉腰，目视前方，是"小怒春"。

甚至连打扮都变了。果酱来北京，见到我穿着毛衣，很奇怪地说："你以前冬天从来不穿毛衣。"那时我说自己是朋克,朋克在冬天从来不穿毛衣。

我也很奇怪。那时穿卡其色的单衣,似乎很自豪地穿一件单的绿色紧身裤,紧得连秋裤都套不进。染着红头发,在夜里从地铁站走回家。路上和我搭讪问时间的男孩说:"你是女的啊!从后面看,还以为你是男的,抬头挺胸的。"

经常有写不出一个字的感觉。大脑空空的,我好像永远也做不到心静,我怎么也踏实不下来。我的心总是飘浮着,仿佛在为某件事担忧。可那是什么事呢?我也不知道。我怎么就不能像别人一样看看电视,听听歌,由衷地感谢生活的美好?我也没觉得自己多特立独行,倒是显得神经质。紧攥着投机的心态,我像一匹饿狼般彷徨无助。常常在这种时候,我就百爪挠心,想给以前的朋友打个电话。

而过去的朋友都生活在过去,他们一些人失去了联系,另一些则消失不见。空留下我。

冬天太漫长,漫长得能让人沉溺其中。在我看来,每一天都会过去，都是无用的。我怎么来证明今天和昨天的不同，上一秒和下一秒的不同？每天我靠速食食品来维持体力，靠写字发呆来打发时间，靠遐想来接近远方，靠听广播来增加空气密度。

如果偶尔我去看演出，就是平淡生活中的珍珠，串起了我贫乏的生活。

夏天时，我很想离开北京，到别的地方走走。最想去的地方是上海。我也不知道我为什么最想去上海。我以前给果酱写过一首诗，题目就叫《我要去上海》。我说："果酱的酱字我不会写／上海我没去过／我想好了／如果去上海／我一定要坐飞机去。"

那天我睡得很不安稳。朦朦胧胧地梦见飞机场。我们很快就要误飞机了，我心急如焚，大喊："好不容易能坐趟飞机！"其实不是好不容易，是我几乎从来没坐过飞机。我唯一的一次坐飞机，不是去上海，而是为了我的小说去成都签售。我真是太喜欢坐飞机了，我喜欢飞机缓缓上升的感觉，那时，我脱离了早已厌倦的地面,看到草地、建筑物、树林……飞机越升越高,我就看到云层,大朵大朵的云,白色柔软,我好想躺在上面打滚、睡觉。

我还要承认一个事实,在我的书还没出时,我想过从一个商人那里骗钱。说起来真不好意思。结果当然没成。因为天下没有免费的午餐。很分裂地,当时我还听着"痛仰"的歌:"卖吧,靠你一贯的方针……卖吧,用你无比的热忱……"

还见到了小虚,他老了一些,可还是那么年轻。他真的太瘦了。他很爱说的话就是"无所谓"和"一泡鸟"。"一泡鸟"就是没什么意思的意思。也可能是没什么意义的意思吧。

我还想狗子,为什么直到他走了我才想他?我看了狗子的书《活去吧》,人家都说"玩去吧",狗子说"活去吧"。

感到自己逐渐成为一个现象,任人评说,这让我很不自在。其实他们知道什么呀？当时我就想，如果这本书出不了，我就立刻写下一本。现在第二本也写完了。有一个很想用但不能用的名字，叫"长安街少年杀人事件"，间接表达了我对《牯岭街少年杀人事件》的喜欢和崇敬。这也是我最喜欢的电影，不用加"之一"。里面我最喜欢的主人公，是女孩小明。我想我是完全理解她的。她的无助、哀痛、暧昧、矛盾和不得已。她如此年轻，如此决绝和忠诚于自己的信念。小四没有给她足够的时间来解释和了解。

在夏天第一场雨里，我看了《约翰·克里斯朵夫》。那场雨下得挺突然。在冬天第一场雪中，我在看《百年孤独》和《追忆似水年华》。我想说，我的小说不是日记！我也不是活在别人的猜测中！作家就是要全身心地裸露，我乐意！！！

阳光不只照耀童年

好久没有在清晨起床了,更别提在清晨听我很久没听的"Anti-Flag"的音乐了。我先是听了几张别的乐队的CD,然后换成了它。过了一会儿,我扭大了音量,窗外天色透明、发绿。我有点晕,我昨晚没睡,打算调整时差。好一段时间我过的都是美国时间,醒来就是下午了,两天就像一天,我每天看到的都是黑夜,都是夜晚。

什么心情听什么音乐,什么状态写什么诗歌。小说可以编,诗是硬努不出来的。

我醒了就是惆怅,但也欣喜。

2

海边的陌生人

周末晨昏

　　第一次和她见面，是在初冬的一个晚上，约在我家附近。最早时我收到过她用英语写给我的邮件，说她是我的读者，很喜欢我的小说，希望有机会能认识。我很少和读者私下见面，不知为什么她是例外。

　　她的穿戴让我很感兴趣。她说喜欢我的头发，我想是因为她喜欢不那么整齐的头发的缘故。有一天我去见朋友，路过理发店，就把头发烫了，烫完后我发现很难看，暴露了我脸型的缺点——我的脸有点方，爆炸头显得我脸更方了。我安慰自己：起码比不改变要好。

　　她个子很高，又瘦，穿着黑色大衣，蓝格的宽腿裤子，没染过的黑色头发随便扎成一个辫子，显得更高。

里面穿的是黑色罩衫，长长的，扣子一直系到领口。我头发很乱，穿着褐色短款大衣，黑色休闲裤，粉红色大领毛衣，粉红色匡威球鞋。很明显，我们走不同的穿衣路子，她看起来更有品位，而我像个小孩，虽然她比我小好几岁。她的神情带有在外国居住长大的小孩的共同特点，机灵、活泼、成熟。后来我发现她也很少穿年轻人的衣服，她很少穿彩色的衣服，最常穿的莫过于黑色、灰色、暗绿。她十七岁。

女孩从美国回来，原定4月去法国上学。她曾在美国当模特，她希望以后能当一个好模特，再做一个好的服装设计师。后来因为各种原因到现在还留在北京，正在学习法语课程，准备今年再出国，和她现在的男朋友一起。

我们在我家里聊了会儿天，她喝凉水，我也没有泡茶（她说她只喝冷水）。我们抽烟，似乎她比我抽得还要多。我给她抽绿色万宝路，她说她很喜欢。那是别人送我的烟，我们你一支我一支，很快就抽完了。间歇我们谈到音乐，看到她还带了许巍的新专辑。我说我很想去外国玩，可以在那里买衣服、CD，还可以拍些照片。后来我们去了我家附近的一个咖啡店，喝了点东西。聊天时看到她大大的银色耳环和手腕上的一摞银色细手镯。

她是青岛人，我去青岛旅游时她正好也在，我去了她在青岛的房子，她说这是一个和她爸爸很熟的女人的房子。这关系让我们都觉得复杂。她的爸爸见过我一面，当时他坐在一辆汽车里，见到我们过来便钻出来。她向她爸爸介绍我，他微笑着和我打了个招呼。事后她爸爸对她说觉得我就是一个"小阿飞"。"小阿飞"你知道吗？南方人的称呼，就是"小流氓"的意思。她爸爸一直管她很严，他的名言就是："不许去西单那样的地方买衣服，那太没品位了，你要去只能去国贸和王府井买。"当然她一直违背他的命令。她说她和她爸爸一点感情也没有，她希望赶紧成年，自己打工，就不用再花她爸爸的钱了。她还跟我们说她爸爸一直把那本《格调》放在床头，还在上面画线，希望她以后能嫁给一个英国贵族。这被她用来当作嘲笑他的理由。后来我才慢慢知道，她的家世显赫，家里人非官即商。

认识她以后，我多了一项娱乐，就是和她、她男友一起去网吧玩游戏消磨时光。她和男友就是在打街机时认识的。那个男孩是青岛的，喜欢玩篮球。他们找到一家非常好的网吧，设计得像太空舱，随时可以上网，而且还可以在网吧里吸烟。我喜欢那个网吧，虽然离我家很远，每次到那个网吧，我都要喝一杯那里特有的现磨咖啡，只要六块钱，我给那个网吧起名叫"沙漠尽头"。

除了去网吧，我们在一起也就是逛街，吃吃喝喝。她对我说，刚回国时那股劲儿不知道为什么已经没了，不像原来每天都在想要做些什么事业。有一回，她的男友不无担忧地对我说："或许她应该找到些新的理想，现在她只对买衣服和打游戏感兴趣。该怎么办呢？你起码还喜欢写东西，还有个寄托。"

有一次她跟我说起她的妈妈一个人住在美国，很寂寞，前一段时间查出身上长了瘤，可是没钱治。她想向她爸爸借钱，但她说他肯定不会借的。她说他是个"商人"。我想起她有一个同样很年轻但已经开始做事业的朋友，那个朋友既有才也有财，而且和她是好朋友。我建议她向他借，她轻轻摇了摇头："他不会借的。"

她和男朋友感情很好，她男朋友比她大一岁。有一天我在睡梦中接到她正在哭泣的电话，她说他打她，她很难受，问我能不能报警。很快他们又和好了。过了一段时间，她对我说她可能怀孕了，问我应该去哪个医院。

不知道一个年轻人，要经历多少痛苦，才能健康长大。

在路上

我又在听许巍。好像没什么事儿的时候（所以说基本上是所有的时候），我就把他的磁带放进录音机。好久没有在午夜无意识（也就是没有什么特别的事儿）的时候走在街上。一个人，或者两个人，或者很多人，走在街上，街上空空荡荡，这时感觉特别好。许巍唱："让我怎么说，我不知道……"我想他真可爱，他的歌唱出了他的感觉，而这种感觉我体验得特别强烈。

好几个月就待在家里，特别想出去走走，出去玩，到没去过的地方。去过的地方也行，我还想再去一次。就这么走在路上，听着歌，有一些乱七八糟的想法，多幸福。

很多东西如果变成了往事,我也就不再回忆。所以我说,以前的很多东西我都忘了。就算没忘也不属于拿出来抒情的部分。它们已经属于我静悄悄地想的部分了。所以我的过去和现在没有联系。我是个否认过去的人,那些东西,那些事情,我早已忘了。

过去的歌我也不再听了,那些磁带往往经过一年之后就磨损了,音质变得很差。我由于不想和过去的音质对比,也就不再听它们了。有时候会刻意地听一下,还会根据旋律唱出来。这时候我会像走在过去的路上,抬头看看天。天已经变了,人也不是过去的脸了。有时候我会控制不住自己回想过去,也会感觉模糊、奇怪。那是我吗?

我想我应该是在路上,什么也不想,什么也想不起来。

屋顶上的孩子

乌青有首诗叫《屋顶上的孩子》。他说作为一个喜欢孤独的孩子,他喜欢屋顶。当有一天他一脚踏空,"作为一个孤独的孩子,我没有发出一声叫喊"。

这首诗让我深深迷恋的原因并不只是这最后一句话。孤独的孩子,在哪里都能看到。但我想,我真正想看到的那些孤独的孩子(而不是迷恋于孤独的),都不在我的视线内。

或许哪天我在等车,车站有很多焦急等待的人,这时候车来了,你上了车,我在车门外。我们失之交臂。

我一直想弄清楚一个真正孤独的孩子是什么样子的。

他是不是就是站在窗前的、听着音乐的、走在路上都没有人看一眼的？我可能真的有"青春期迷恋症"（我自己起的名）。得了这种病的人有校园情结，不由自主地迷恋青春和变化剧烈的天气。

看过一个美国电影，名字叫《女生向前走》（又译《锁不住的青春》），写的是一个保守的美国家庭的几个女孩集体自杀的故事。还记得我一遍一遍地看，那些汹涌着不祥的镜头，绿树，日记，作为家庭妇女的母亲，担任中学教师的父亲，几个如花的女孩。你看啊，她们宁可自杀，也要让青春自由！我也很喜欢那个女主角，演员的名字叫克斯汀·邓斯特。后来她还演了《蜘蛛侠》。就是她说和汤姆·克鲁斯配戏不要有亲密情节，因为"他太老"。我还看过她演的另一个片子《美少女啦啦队》。同样是我喜欢的典型的美国式理想主义电影，青春派、校园派。

那天，和一个人聊天。她说我不如她第一次看到我时有活力了。那是一年前，我的小说还没出，家中无法上网，只能从家中徒步二十分钟去网吧上网。是有活力，我全身心都散发着无穷无尽的活力，但当时的我同样不快乐。如果要想让青春永远纯粹，唯一的办法就是：死去。所以我拒绝任何指责，不背负这种代言所谓青春的义务。

  屋顶上孤独的孩子还在飞，像鸟，等待着一脚踏空。

上海像清华

我说上海像清华,因为我去过了。还有一句话,北京像北大。我就住在北京,而清华和北大我刚好又都去过。清华精致,楼更高点儿,每个角落都是风景;北大随意,楼矮点儿,角落比较荒凉,但可以想象。恰如我理解中的上海和北京。

火车上看到湿漉漉的街道,天津夜晚闪着霓虹灯的桥,朴素的小街巷,碎石子、树木、白色的影子,像雪又像花朵。永远地在路上。夜灯,多么的美。生命对每个人都只有一次,如果让我选择,我想一直观赏路边的风景。今天的天色特别美,阳光像能穿透人的身体。天上有很多云彩。我又想起了前年去武汉的心情。那时我特别放松、自在。

在上海我老走着走着就回到原地，但也不生气，无非再换个方向走。在上海就像联网状态，怎么都能走回来，什么都有，小商店、小酒吧、小超市、小书摊、小服装店、小饭馆……不像北京，都是分散的，什么东西在什么地方卖，特别集中。我们就一边走一边拍照。

我也领教了上海人的冷漠，出去问路，好几次别人都视而不见。脸上那矜持的表情让你也不好意思在背后向他们竖起中指——也许他们认为表达出感情就很傻，无论什么感情，是喜悦还是愤怒。

在上海还见了一个叫荸荠的朋友，也时常出现在诗歌类的网上。她和男友坐了将近一个小时的车来徐家汇我住的宾馆见我。我们撑着伞在外面吃了点东西，随便瞎逛了逛商场。上海的商场真多呀。他们还带我去了地铁里的季风书店。在书店里，我看到了我的书，两个版本都有，我小小地激动了一下，又乐了。他们很热情，我们就像多年的老友一样聊天，在我住的宾馆喝茶。说起我住的宾馆，也是一个上海朋友介绍的，他说前一阵另一个写诗的女孩也住在那里。那里是一个气象宾馆，房间还算干净，也不太贵，交通很方便。出门就能看到高高瘦瘦的松树（可能是松树吧），和天主教堂的塔尖。那教堂很高，棕红色，在上海的阴天看来有些阴郁可怖，弄得我很想把它炸掉，看看干燥的平地。那几天上海正在下雨，我想我可真够倒霉的，刚躲过北京的大风降温，就赶上了上海的阴雨连绵，简直是我到哪儿哪儿就乱。莘荠安慰我：没事儿，大半个中国都在下雨，除非你到西部。

在上海当然要逛逛大商场，比如我就要看看在北京没有而我一直喜欢的牌子Miu Miu。终于在新天地的IT店我找到了它，东西却都卖得差不多了，新的还没上。我生不逢时。就这样，我还是买了一个法国牌子的小挎包，店员说这个牌子全中国只在上海的这个店里有，现在只剩下两个了，一个棕色一个黑色，现在打三折啊。于是我买了。回北京不到一个礼拜我就沮丧地发现包包开线了。莘荠还给我发短信说："复兴西路上有家Old School Style的小店叫B2，有些衣服和鞋，老板是个好玩的男孩子，不知道现在怎么样了。而且复兴路那条路挺长挺静的，小店接连不断。我觉得比闹市更有感觉。你可以在常熟路站下车，然后一直往前走。"可惜我收到短信时已经打算离开上海去杭州了。

再见果酱，我发现他的脸比上次我在北京见到他时柔和了。那一次见他，我发现他变"狰狞"了。他说那段时间他空虚得厉害，心情真的会改变脸。我们在"阴阳吧"见到棉棉，几天后我去过鲁迅公园后又去她家玩。她家很冷，但有大落地窗，我在那里拍了很多照片。晚上又到她邻居家看DVD，有个姑娘把我的头发剪短了，我看起来顺眼多了。

离开上海时，天已放晴。我们坐火车去杭州。

新春天，新春树

春天到了。我从来没有像喜欢这个春天一样喜欢过春天。以前，春天在我的印象里都是腻乎乎的。我还写过一首《巴黎春天》，狠狠地嘲弄了一番巴黎和春天。包括我看过的巫昂的一首《春天不应该享受特殊待遇》，都让我对春天没什么好印象。

这个春天，我怎么就觉得那么舒爽呢，连空气中都飘浮着暖和、轻松和快活的味道。我想了想自己，没什么值得庆贺的，但仍然每天找借口出门散步。穿着短夹克和软软的多袋裤，给头发喷上湿漉漉的Gucci"Rush2"香水，我就戴着随身听出门啦！

小宽说去后海找个凳子享受阳光吧。其实对于春天，只要到了门外，就都一样了，根本用不着去后海。对那种变了调的小资味道我不感冒。不过他们也快说我是小资的代表了，可能是因为我也追求美和舒适吧。谁说作家就得苦兮兮的，喝一杯咖啡都舍不得？从上海回来我算是沾上了一个坏毛病，每天都要喝几杯咖啡。这里不是巴黎，也没有什么花神咖啡馆，我更做不成在巴黎咖啡馆偷烟灰缸的少年。

但我想以后有钱了就开一家咖啡馆，像"雕刻时光"似的，但是白天晚上都营业，有巧克力蛋糕（这要从杭州的香格里拉酒店空运过来），有充满半杯奶油的奶昔（标准是在上海伊势丹喝到的那杯），有一种叫"雪球"的带酒精饮料（果酱推荐给我喝的，很好喝）。还要有音乐，这个就由我来选吧。我要在下雨时放南京乐队"七八点"的歌；要在郁闷时放英国乐队"The Smiths"；要在彷徨时接连不断地放上海"顶楼的马戏团"的《向橘红色的天空叫喊》，听他们一遍遍地呐喊"我们永远地年轻，我们永远地倔强，我们永远地纯洁……我们永远地在这个时刻……"，我们永远热泪盈眶；当然还要有那个沈阳乐队的那首《青春的纪念碑》，那循环播放的歌词"在流逝的时空之中，你终于失去了年轻"，会让所有已经不年轻了的人自惭形秽。咖啡店里有书架，书架上放着我的《北京娃娃》《长达半天的欢乐》《八〇后诗选》，和以后出的每一本书。

咖啡店的名字就叫"春树上"。"春树上"里有电脑可以随时上网，可以玩游戏，首页是我们的诗歌论坛"春树下"。"春树上"的工作人员都是写诗的，可以让小虚之类的朋友来，他们拥有无限的自由，可以自行决定播放的音乐，饿了可以吃蛋糕，晚上有地方睡觉。店里的电视机无声播放我们最喜欢的电影，《格斗俱乐部》《牯岭街少年杀人事件》和《阳光灿烂的日子》。"春树上"还支持一切新生事物，有年轻的不出名的设计师设计的服装、包，有地下乐队的海报和CD、小电影。

欢乐

我的朋友就那些。他们陆续出现在我的文章中，并不随时间、地点的变化而变化。有时候我也厌倦，老看到他们的名字，可见我的生活多么乏味。

还有一些人，可能是通过我的小说认识的，和任何一种方式一样，总有一些成了朋友，而另一些就是路人，我怎么也找不到和他们沟通的理由。后来我想，就是因为一上来他们就没把自己和我放在一个平等的位置上，把我拔得太高或看得太低，我都不适应，我都累。我想要的是一个简单的朋友，他/她会明白你和他/她一样，都是人。遇到前一种情况，我最想做的就是远远躲开，越远越好。有时候我也会用自己的方式来"斥责"他们："我求你了，别对我这样，还是君子之交淡如水的好。"这种话由于太直接和诚实，往往会让人误认为是做作和装孙子。但我也没办法，我就是一到这种时候，就只会说实话，伤害了一颗颗和我不在一个大气层里的心。有时候我也谴责自己的世故，但我也真的讨厌那种没有自知之明的人，比如头天给你发封邮件说要见面你就必须要见，不见对方就很委屈的那种。

我是怕死他们了。我更怕的是明明对方是真诚的，却被我误会。那我会想起过去的自己，我怕他们受到打击后变得自私、麻木，我会觉得对不起他们，而我又不是故意的。那种想要美好却被玩弄的悲剧我不想看它发生在我身边，我不想当这种刽子手。

而我认识的一些人都在写小说。小虚写的是他的"残酷青春"，他还没写完，就被我抢过来看了，我很喜欢，但是觉得没有他平时给我描述得好（里面好多故事和人物他都给我们讲过）。而杨黎，我用了一晚上看了他在网上发的长篇《向毛主席保证》，听他说他是一共打算写五本，吓死我了，打死我也没法把五本书的内容一下子都想出来。

唯一令我骄傲的就是我又写了本小说，并且和朋友开始动手编辑《八〇后诗选2》。这本写友情的小说是献给我曾经的一位好朋友的，写了两个主人公从相识到老死不相往来的全过程。书名叫《欢乐》，因为我认为那一切都是欢乐的，哪怕有反讽的成分，它也是欢乐的。我要忠于它，忠于这欢乐的本质。我曾经抄过很多好句子，背诵或自创过很多口号，写过很多诗，但这次我不想让它们出现在书中，我要让它成为一本小说。它自有它的脉络，在小说里，重要的是故事和叙述的方式。《欢乐》的女主人公叫"春无力"，她还有另一个名字"春有力"，我将在我的第三本书中写到她。

小说的情节发生在过去，那是无法再追寻的回忆。当看到它顺利出版时，我感觉像是看到了一个笑话或者礼物。以前那么多好玩的时光都没有了，我就只有这本书了。

我何曾真的青春过

过去的一切都没有记忆，有时我甚至以为很多事情都没有发生过，不然为什么它们消失得那么快，很多东西都没有留下一丝痕迹？

还有那叫作青春的东西，我是从什么时候起对它陌生了的呢？或许我从来就没有感受过什么青春，却也间接策划了一场"残酷青春"的闹剧。我没有青春，却有着所谓的青春情结，我一直认为十四岁是青春，十五岁是青春，十七岁是青春，十六岁就不是。在我和浩波第一次见面时，他问我多大，我骗他说"十七"，其实我是十五岁多一点，快到十六岁了，但我不想说我十六岁，也不想把我的年龄说得小一些，于是我说我十七。

后来我也向他坦白了我的这个想法。

在我拼命做一些事的时候,我想到我是在消耗什么。只有他人才对我说,你在消耗你的青春。我自己是不会想到这个上去的,也不会说出这样肉麻的话。你看,我甚至把青春当成了肉麻的东西。

但我活脱脱当时正青春着。当我意识到这一点时,我发觉我自己更不青春了,但别人还在把我当成青春的代言人,我像凶手一样,不经意间影响和指导着"青春"。

这害死人的青春。

少年。

白衬衫。

莫小邪有这么一首诗,我把它抄到了我的日记本上。

少年。这也是有着青春情结的我所挚爱的词。

我仿佛从来也没少年过，我好像早就成熟了，但不谙世事，活在自己想象的世界里，绝不单纯。说我单纯的人都错了，我只是天真，但不单纯。从很早开始，我就看出了我的矛盾和世故，但我想我还是一个善良的人。这一点我是无从更改的，因为我出生在农村，童年的生活影响了我，故乡是我心灵中最圣洁的地方，也是我很少提起的地方。我宁可把自己最珍贵的东西永远埋在心底，也不愿意多说，就像我现在一样，蜻蜓点水，不愿多提。或许这就是我喜欢看古龙小说的原因，他对我的矛盾心思有最鲜明的阐述。当我心情不好时，我就去看古龙的小说，我想象他是我的朋友，只是我们不认识。

"把青春永远留在十七岁"，是我写过的一首诗中的一句。

那是我最初写的几首诗之一，我也很少想起。但忘不了。

那些细节是那么模糊，好像从来没有存在过。

我也有过一个人在深夜读诗的经历，读到情深浑身颤抖，心想总会有知己，总会有人互相理解。初三时我打算自杀也是由于我认为我找到了一个知己，但他让我失望，我于是想用自己的生命来证明友情的纯洁。

都过去那么长时间了，想起来还心悸。说起来我是一个善忘的人，或者是故意善忘的人，但那件事我怎么也忘不了，因为它就发生在我最"青春"和最纯粹的时候，我是用自己的血液和生命去理解"士为知己者死"的含义的啊。

"我也追求过精神，可总和肉体相遇。"（王朔）

说得太多了吧，说说八〇后——

没什么意义的八〇后，和没什么意义的生命，于是它便有了意义。

做我认为正确的事情，所有责难我都不放在眼里。当我失望，转身就走，也不去想曾经付出过什么。

对八〇后谈不上什么失望，因为我认为的八〇后，绝不是一个简单的时间概念。虽然一开始，它是由时间概念来划分的。那八〇后，是我们——我们最初在"诗江湖"的朋友一起提出的。他们是我惦念的人，如果我有过青春，我的短暂青春中的短暂时光就是干这个的。上网，去聊天室，去"春树下"，去"诗江湖"，骂战，希望，失望，悲观，绝望，重新希望，友情，背叛，新的友情，误会，拒绝，彷徨，觉得自己是个傻×，伤害他人，等等等等，都是已经过去了的，那大概是一年前的时光。每天去上网，这让我感到充实。

《北京娃娃》是一道分水岭。

或许不是它，是我个人的一些私事。我现在的状态很像隐居，不再像从前一般热血沸腾，只因为我把重心放到了别的地方——我的私生活。这让我由假小子变成了女人。

我从前没注意过自己的性别，现在我觉得我是"少女"了。

《看电影》里说过，女人一旦遇到了她爱的男人，她便没有了江湖。除了秋瑾。

我是秋瑾吗?

如果不是,我也想是法拉奇,在沉默了这么多年以后,写下激情的文字《愤怒与自豪》。

人是需要机缘的,让命运来决定我下一步会做什么吧。在命运需要我的时候,我不可能不挺身而出,在命运做出批示之前,我还是"少女"。

向着那鲜花去，因为我最怕孤独

去大连签名售书的路上，朋友打来电话："不会吧？春树，别告诉我你穿着Chanel的鞋站在无座的火车上。"

"真是让你说中了。"我呻吟道，顺便看了看堵得水泄不通的过道，到处是站着和蹲着的昏昏欲睡的人。

我有一句从格瓦拉那里引用过来的座右铭，叫"在别人的痛苦面前，我怎么能够回过头去？"第一次看到这句话，是"盘古"主唱用的座右铭中的一句。当时看了，觉得很精辟，充分体现了切先生悲怜的人文情怀，就也用到了自己的名下。后来也"身体力行"这句话，比如关注关注弱势群体啊，在自己论坛上加个艾滋关怀的链接啊，借点钱给朋友啊，反正都不是什么大事。可时不时小针儿扎着，咱也不能辜负这句"在别人的痛苦面前，我怎么能够回过头去"呀！虽说在咱的痛苦面前，别人都回过头去了，那咱也得坚持：让世界充满爱。

可是凭什么坚持？为什么坚持？有什么值得坚持的？

这不是吗？就有人问我了：

"你不是说在别人的痛苦面前，你怎么能回过头去吗？我现在正痛苦着呢，我给你发了短信，你也没有回音，起码你告诉我收着没有啊！我现在就痛苦！"

看看，问题来了。你用了这句座右铭，别人就把他的痛苦当成了你的责任。这是招谁惹谁了？你原本只想做做好事，没想到成了义不容辞和理所应当。不，我不要这样的责任。因为，本着在痛苦面前不回头的信念，咱不能坐视不理咱自个儿的痛苦。

一天,和一个朋友走在路上,有卖花的小女孩缠着我们买花。我感到很烦,没想到他拿出五块钱,并且没要那朵花。看到我莫名诧异的目光,人家是这么解释的:"你不是说了吗:在别人的痛苦面前,我怎么能回过头去?所以我给了她们钱。这些卖花的小女孩其实挺可怜的,她们每天都有固定任务,完不成会受处罚的。"

我当场晕倒在地。当真是个黑色幽默。这些卖花女孩牵扯出的问题大了去了,有社会的政府的家庭的责任,怎么她们的安危都系在了我们身上?

北大产疯子,萧颂虽然不是北大的学生(曾有北大的研究生导师想收他做研究生,他不肯),却是"北大新青年"上某个版块的版主。现在我写写萧颂这个疯孩子。

我和他喝酒时他告诉我:我爹说了,喝龙蛇兰酒时杯子应该放在下嘴唇边缘,不然喝到的都是盐。

萧颂非常好玩,我只说几件。一,他去年一年旅游光花在硬座上的火车票钱就有6000块。二,他经常在凌晨突然从所在的单位跑到北大某个朋友那里，要请人家吃早饭。

近年我只见过他一面，他的头发还是那么长。在他住的朋友的房子里，他给我听了他最喜欢的游戏的主题歌，然后就又不知道到哪儿流浪去了。

3

我不知道那条路通向何方,
　　　它的形状是 A

读诗就像看美国大片,都是消遣

前几天我看了一部日本电影《乒乓》,引起我注意的是有李灿森出演,可看了几十分钟我就明白了,李灿森只是个或有或无的配角。他出演原上海少年队的队员,因与队友有矛盾留学日本,战无不胜后很快就输了,输了以后就再没胜过。

其实要说的不是李灿森。

男主角(其实都是男的)2号是个乒乓球打得很好的"深沉"少年。他经常说:"这只是个爱好,是消遣,我不喜欢为了赢而让别人失败。"

听到他这么说时我联想到诗歌。

你说写诗和看诗是不是消遣呢？如果把它当作工作和职业是不是显得太刻意了——于不刻意中把一件事做得很牛×，然后说："这只是我的爱好，我不喜欢为了赢而让别人失败。"有型！非常时刻，没事干直发愁的，除了看美国大片以外，也可以看诗。

把诗比作电影，那"诗江湖""诗生活"等就是美国大片（对不住了），除了美国大片以外，总还有些亚洲电影，什么韩国的、伊朗的……

平时在网上都锻炼出了速度，一首诗快速掠过。有的时候已经无法重新放慢速度了，就当这是第一次看，第一次看就要好好看，就把这当作消遣，写得好不好都是不重要的。

谁能给你哲学的生活

这个晚上我去电影院看了《黑客帝国2》。有人在报纸上撰文说应该翻译成"骇客帝国",这和本质没有什么太大关系,就像Chanel是翻译成"夏奈尔"还是"香奈尔"一样,都不会改变它的品牌素质和定价——反正你在北京买不起,到了上海和广州同样买不起。

一个人比没钱更矛盾的是有钱。选择多了,烦恼也多了。尤其是当个人的消费水准和社会大多数人之间有着巨大差别的时候。

比步步为营更痛苦的是一步登天。周围的一切都没变,而你变了。尤其是当你的朋友还是老样子,而你已经天上一日,人间千年。

所以我总在买了物质以后去书店买本书补充一下精神。在这里,物质和精神是绝对的对立面。

有一个专有名词叫"时尚受害者",我想每个人身上都有时尚受害者的因子,一遇到合适的时机便会爆发出来。君不见有些人没钱的时候还在琢磨有钱了买什么,有了钱以后肯定要大大地弥补一番没钱时受的气。你身上穿的是白衬衫,并不代表你就年轻纯洁,也许你的白衬衫价值千金,也许你正对着橱窗里的高级时装蠢蠢欲动。有时候我觉得年轻纯洁只存在于头脑中,想起高中初中时的打扮,那是土气。洛丽塔是我们从时尚杂志中看来的,是电影里演的,是包装出来的。

就像王朔所说:"我印象中那时候我们都很漂亮、纯洁、健康。一个朋友还保存着一些那时候的照片,黑白的,135相机拍的,很小的那种。看了照片才发现印象错误,那时我们都不漂亮,又黑又瘦,眼神暗淡、偏执,如果算不上愚昧的话。我以为我们纯洁,其实何曾纯洁?所以找不到印象中的我们。"

我也找不到印象中的我们。

我以为我曾经热爱音乐、文学和思想，根本不在乎什么时尚。后来又去翻《北京娃娃》，才发现那时候我也迷恋于一支唇膏。原来我一直没变啊，原来我一直都是喜欢物质的，只是我自以为我过去不喜欢而已。我甚至比一些女人更喜欢物质。我也会一掷千金买自己喜欢的名牌包包，也会被广告迷惑，也会虚荣，也会说出"穿一条漂亮的内裤也不妨碍我们谈论陀思妥耶夫斯基的思想"。我算是看透自己了。《格斗俱乐部》我没白看，里面那个CK内裤的镜头我记忆深刻，电影里对中产阶级消费趣味的嘲笑让人感觉既痛快又心虚，仿佛被它点中了命门。是的，你的衣服不能代表你，你的钱包不能代表你，你说的话不能代表你，你的××不能代表你……也许这部电影在某个层面要表达的就是：名牌不能代表你，表面上的东西不能代表你。

越想越矛盾，越说越绝望。我们不是小资，小资不会因为买了名牌就心存愧疚感，想起老家还有需要救济的亲戚朋友；我们也不是朋克，朋克也有自己的命门——商业。朋克也有时尚，鸡冠头皮夹克马丁靴嘛！而且在看演出的时候，你如果打扮得不够叛逆，很多人的眼神会让你自己觉得很没面子。我就打算下回看演出穿一身旗袍，看看他们会说什么。

我现在在很多不同的场合一眼就能认出什么人是喜欢摇滚乐的：男，脸上长青春痘，神经质；女，偏胖或偏瘦，一般都长得很矮，眼神中经常带着对别人的轻蔑。其实他们可能连自己的下顿饭在哪儿都不知道，但就是自信，没办法。

痛苦是不以事件为例的

也就是说,任何一件事造成的痛苦,都可以是巨大的。

在"高地"的我的论坛里有人说:"没死过爹妈没死过老公老婆没失过明没截过肢最基本的连婚都没离过最多不过有点发育不良要不就是早恋后又被人甩了你有什么痛苦可言啊?"这是从我的"或许是我不该,在这样一个浮躁的日子应该走到街上做一些很随意的事,而不是待在家里'思考'。事实是如此残忍。我宁愿化作灰飞烟灭,来摆脱这无穷无尽的痛苦"得出的结论。

事实上作者很可笑,他实在不明白,痛苦就是痛苦，就像玫瑰就是玫瑰一样，这是没有什么比例大小的。

　　我在很早的时候，写过一首诗叫《没有题目——给江姐等》，里面有一句话就是"此时我的痛苦，和当初他们的一样多"，这难道不是真理吗？

　　当然我已经不想给这种文章回帖了，道不同，不相为谋也。

关于八〇后，我又能说什么

我置身其中，静静地观看，有时我也在浪尖上，因为我原本和他们"是一拨儿的"。

对我来说，心和年龄越年轻的，就是越好的，你可以说我认为八〇后是更先进的。社会就是这样进步的。想起各大杂志、报刊兴奋地大肆报道七〇后，八〇后无动于衷，像在看笑话。——很显然，七〇后是夹缝中的一代，上下不靠，处境尴尬。而八〇后，已经悄悄地成长起来了。

关于八〇后，曾经我有很多话想说的，曾经我有很多话会说的，曾经我有很多话要说的。现在我已经在写到"曾经"了。关于八〇后的命名本身就有附庸的嫌疑，它却无意取代任何人。八〇后是不爱管闲事的人，可以想象当他们能熟练地掌控这个世界时，他们是见过世面只想做自己的事的人，他们是不喜出风头的人。他们是宽容的，因为淡漠。他们是天真的，因为善良。爱对他们来说没问题，性对他们来说也没问题。他们没问题。八〇后不怕死，只怕老。身老还是可以原谅的，心老就没有任何借口了。

想来他们是受传统毒害最少的人，理应更科学、更理智、更感性、更沉溺于自己的世界。他们就是这样子。说是他们，其实就是我们。

有时候我也怀疑，八〇后可能会出很多神人，艺术家、诗人、乐手，但出不了政治家。因为八〇后厌恶政治，除了自己，他们什么都不关心。他们讨厌计谋、方式和老谋深算。八〇后的最大特点是喜欢简单。或者说我什么都不知道，我没必要承担什么。这也是八〇后典型的论调。他们是不需要命名的。他们是无法被命名的。

我现在也不再想当什么八〇后的"代言人",因为这很无聊,并且让我厌恶。

总有一种感觉让我们一意孤行

其实我一直不喜欢"豪运"酒吧。一是名字我不喜欢,霸气但大而空。另外位置偏远,跟在天边儿似的。周围环境复杂,又是施工又是改路,乌乌泱泱,真是又野蛮又荒凉啊。我所讨厌的两个因素都具备了,跟北京的天气一样属于污染区。但在"嚎叫"关闭、"开心乐园"不复存在后,这里作为一个安慰性的场合,让我度过了一段还算美好的时光。那应该算是强弩之末的青春期和一些注定被篡改、被误读的记忆吧?

印象中有两次演出。

第一次,是我刚从武汉看完武汉朋克和北京哎呦乐队的演出后回北京看的第一场演出,就是在"豪运"。

那天有我曾喜欢过的逆子乐队的演出，我就来了。

为什么喜欢逆子乐队呢？甚至有一段时间还想把这两个字纹在身上？是我年幼无知还是被原始的热血和迷茫冲晕了头脑？不是吧？我想包括邱大力、彭洪武在内的乐评人都希望看到回答。对！我喜欢他们是因为他们年轻、狂妄，还相信那些精神的力量，做出了明知会碰壁却仍然做出的努力和抗争——我要说明一点，这可和"北京"朋克没有关系。

时至今日，我仍然随时可以调动我的思维，口若悬河地回答这个问题，但却已经无法面对自己那张信誓旦旦的脸。难道我真的喜欢他们这一点吗？难道他们真的值得我喜欢吗？他们有我所不具备的力量和能力吗？他们反叛吗？当我目睹他们在台上由衷的痛苦和愤怒，听到他们毫不在意、随意贬低的男女关系，沉溺在和他们一样的眩晕状态里，我能确认我还爱他们吗？难道我就没有"误读"他们吗？！哪怕这爱让我顶住了那么多的压力，哪怕看他们的现场看得要流泪。

那样的歌词啊，我把它当作签名，用在了"橡皮网"的诗歌论坛上:"数到一、二、三、四向后退,因为人们都认为我没有十八岁。"可现实中的他们和他们歌里唱的那么不一样,哪怕我哭着喊着"我爱Old School!",哪怕我多喜欢皮夹克和紧身裤,我都找不到借口和遗忘的理由。

那天看完演出之后,我抱臂走在找夜班车的路上,终于想清了一件事:我不再爱他们了。真正有力量的不是他们,而是我。在喜欢过《无聊军队》的两年后再喜欢"哎呦""逆子",是和当初喜欢《无聊军队》一样的错误和弱智。

印象中第二次在"豪运"看的演出,是人民唱片办的一次有十几支乐队的演出。"豪运"人满为患,往后看净是坐着喝啤酒和果汁饮料的大学生和看着像商人的人。"豪运"就是不能和五道口比,这是档次的问题。五道口的大学生和"豪运"的大学生是两个概念。

那天有几支朋克乐队上场了,我几乎没什么感觉,"A BOY"上场唱了若干首以前的老歌,我也跟着人唱起来，只觉得是怀旧，和听华语老歌没什么区别。"豪运"注定不能成为我心中的圣地。那天我是骑自行车去的，回家赶上了北京第一场沙尘暴，回家的路显得格外遥远。

还记得有一次坐在"豪运"门口等演出开始，许多打扮怪异的年轻人从门口经过，那些住在附近的居民带着类似惊讶、艳羡、不解的眼光看着他们。我突然想起一个朋友说过，其实最应该听"痛仰"的歌的是那些正在黄土高坡上种地的人，而那些人正一边干活一边哼着杨钰莹呢！我看着马路对面的民工和居民，突然觉得他们才最有理由和资格上台演唱，而不是面前那些打扮新潮时髦的小子。

这时，突然经过一队（七八个吧）人，看起来特别小，也就十四五岁吧，穿着特别时髦，典型的Old School打扮。我觉得一阵心寒，仿佛有些东西不对头了。我不知道他们是真喜欢这种音乐还是喜欢这种衣服，不知道他们是被利诱的还是被欺骗的……幸好此时我的头脑中还能想起一句话——"形式就是内容"。任何不甘于平庸的内容也大多是从不平庸的形式开始的，也许，在他们当中，总会有几个是真正喜欢音乐的吧！就算不是，看着他们穿着我喜欢的样式的衣服，我也觉得有些欣慰了。

　　孩子们用不着我替他们操心，他们活得洒脱着呢，他们没问题。

我容易吗我——不知道该起什么名·写迷笛

在第一天看迷笛音乐节的时候，我就说我要写一下这届的迷笛。可随着三天迷笛的结束，我发现我不知道该说什么了。可能感动只是瞬间，最终回到了枯燥的生活，我得到的只是一些片段。我能记起的，只是一些随感。

我是永远的迟到者。三天我都是三点钟以后到的迷笛，错过了每天最早演出的乐队。第一天来的时候，我刚下车就看见"Joyside"的几个人在车站等车。朋友都在谈论刚来演完的"Joyside"，替我可惜我没看上。我倒没什么可惜的，反正看朋克乐队，随时都有机会。也可能是随后即将要开展的演出令久未看演出的我兴奋。

在迷笛见到了很多朋友，首先见到的是已经三四年没见到的、正在门口摆摊卖书和杂志的小宋。熟悉《北京娃娃》的读者们要看好了，他就是文中的"白开水"。小宋还是那么可爱，他长胖了些，几年没见却还像是昨天刚见过面的，这种感觉，只能在最初启示你、曾和你共同成长的老朋友身上找到。我第二天给小宋带了几本《北京娃娃》和《长达半天的欢乐》，小宋对我说："就叫我白开水吧。"书中的"白开水"和现实中小宋的完美融合使我很感动。当初在写他时，没想到我们还会在这种场合碰到，看来果真"是摇滚乐让我们相识，是摇滚乐让我们走到了一起"，我们以后还会再遇到，在下一个演出场合。

第一天基本上是金属乐队占大多数。在"窒息"演出的时候，主唱说了一句话："我们要维护重金属的尊严。"（大意）当时我差点没吐了。唉，不过这句话就跟"朋克万岁"是一个道理吧。我是真不喜欢金属，看着那一个个上台摇头的金属乐迷，看着台下无数乐迷做出那著名的金属手势，我感到茫然，也感到恐怖。因此悟出了一个道理：无论你是谁，无论你爱好什么音乐形式，只要你是真的爱，只要你坚持，总会遇到你的同类。

"窒息"比我当初采访他们时成熟了不少，而他们的成员也只换过一个人，这让我对他们产生了尊敬。还是那句话：只要你是真的爱，只要你坚持，你会成功的，你会找到你的战友的。

无论你爱什么。

哪怕你是个×××（此处删去三字）的爱好者，只要你坚持下去，照样会有人说你牛×。

第一天见到小虚，他喝多了，坐在草地上，我们没说话。每次见他，都觉得他比上次更瘦。

"木马"我觉得没有发挥好。有个朋友问我：你觉得谢强自由吗？我说不，我觉得他不自由。因为我是真的不喜欢像"子婴，我们爱你"这样的话。这太书面语言了，不如说"婴儿，我们爱你"或"小孩，我们爱你"。谢强又涂了黑眼圈，他越来越不朴素了。

而那首久违的《舞步》，我跟着唱起来，却达不到1999年在"17号"酒吧时听这首歌的高潮。

在谢天笑上台的时候，台下的一个乐迷喊道："谢天笑，你是男人中的男人！"大家都乐了。谢的支持者还真不少。

"秋虫"表现欠佳，衣服没选好，也不能怪别人。想起我从前听他们的《永恒的小夜曲》时的感动："我爱你恨的，我恨你爱的，我就是你们眼中最肮脏的，我爱你恨的，我恨你爱的，我就是你们嘴里最唾弃的……"看现场不如听磁带，樱子状态不如以前，有些歌好像没唱上去，在唱歌的过程中樱子做出各种和音乐不协调的动作，这都让我不忍直视。

第一天的迷笛演出，我不住地在说：真没想到重金属有那么多乐迷，金属和朋克真是永远的敌人。

第二天，因为有"反光镜"，我特意在衣服里面穿了一件黑色的运动式胸罩。"反光镜"还没开演我就把外衣脱了下来，从厕所回来，一路都有人看着我的衣服。我很冷，但"当朋克要有当朋克的身体"，更重要的是，要有那种精神。小虚还因此提到了我以前写的一首诗，就是把"凉的"（《长达半天的欢乐》里的人物）气着的那首诗，我当时在诗里写："他们在冬天都穿着短袖T恤衫。"那是因为当时在室内演出，屋里跟桑拿房似的，一点儿不冷。

"反光镜"一上台，我们就拼命往前挤。当那熟悉的旋律一响起，人们就开始Pogo了，我好久没这么开心了。但有一件事让我非常恼怒和伤心：在Pogo的过程中，居然有人趁机摸我的身体。可能是因为我穿得又少又短。我当时大脑一片空白，没想到朋克乐迷居然这么没素质、这么恶心。接下来继续Pogo的时候，这种情况又发生了，有人狠狠地捏了一把我的胸部，我反应过来后，回头破口大骂。如果让我知道那个人是谁，我真恨不得打死丫的！

这件事让我心情一落千丈，根本没有心情再去撞。

"反光镜"的下一支乐队是"Tookoo"，我觉得他们的表现很好，朋友说他们唱的是日文，刚开始我没听出来，但我觉得他们是中国唯一一支有国际水准的乐队，我在台下看他们的演出，感觉仿佛不是在中国。当然后来看了日本的乐队"Brahman"后，这种感觉更强烈了。实力不如人家就闭嘴。看这两支乐队演出的感觉就是享受，完全是音乐的享受。

因为我站在边儿上，所以没听到一些中国乐迷说的一些话，但演出结束后，宁流跟我说他很受不了那些中国乐迷的所作所为。技不如人就应该谦虚、向人家学习，这和反日无关。他还说"音乐是没有国界的"。就是，好就是好，谁都能听出那是一支好乐队，为什么还不承认呢？听说这支日本乐队演出结束后，连在上厕所的人都在谈论他们。

和"Brahman"形成鲜明对比的是瘦人乐队，在一支厉害的乐队演完后上场，他们也真够不幸的。这戴秦可真是混饭吃的，当摇滚明星的时间太长了吧？今天就是结束你摇滚明星生涯的日子。别唱了哥们儿，你不觉得很尴尬吗？

我不断说的话就是："朋克万岁！"

第三天，宁流特地嘱咐我穿得简单点儿，因为有"脑浊"，好撞。我就知道我所希望的，最后都会让我失望。看"脑浊"我有些失望，他们唱的基本上都是新歌，原来《无聊军队》里的歌他们一首也没唱。当然很多人都不喜欢重复过去，可这是一次大型演出，很多乐迷都是从外地赶过来的，他们想听一些曾激励过他们的旧歌，说是"怀旧金曲"也不过分吧！其实我就想要那种大合唱，那会让我想起当初喜欢他们的日子。唱新歌不是不好，而是应该搭配着唱点旧歌，毕竟在写它们的时候你们也是真诚的。

同样，"痛仰"也没怎么唱旧歌。我挺失望的。高虎好像瘦了，人也没原来精神，尤其唱歌时那种劲儿、那种当时执着的眼神跑哪儿去了？！"痛仰"唱的时候我基本上没撞。我个人感觉，不对请指正：一个乐队，在面对着台下众多乐迷的时候，唱的都是我们所不熟悉的新歌，无异于手淫。

这就是我的三天迷笛，我写了我应该写的，没写一些想写但暂时无法写的。回想那三天，像我度过的三天"蜜月"，再多遗憾也无法冲淡我对它的感激和爱，尤其是在迷笛这三天，我重新爱上了朋克！哥们儿，我重新爱上了朋克！你能明白这种感觉吗？这就像一个梦又回来了，就像重新回到了童年！

关于诗歌

没有音乐,生命是个错误。(盘古乐队)

没有诗歌,人生是黑白的。(我自己说的)

在我生活中占最大比例的只有这两样事物——音乐和诗歌。我是一个诗歌狂热分子,一日不谈诗不欢,看到诗歌就两眼放光。曾有段时间每天必写诗,写完后还到处找人朗读,实在找不到就打电话过去在电话里读,还要让听众谈"读后感",弄得一些不是诗歌圈里的朋友不胜其烦。当时在我的诗歌论坛里到处充斥着这样的口号:"让现代诗歌永不消逝是我们八〇后诗人义不容辞的责任与义务!""同志们哪,为了诗歌,混死算了,人总是要有点精神的,要拿得出嘛!""当尸横遍野的时候,我要踏着白骨前进!"……

而音乐我喜欢英式和Old School,有时我甚至觉得音乐在我生命中的比重更大,只要我醒着,家里就一定要有音乐声,我无法容忍没有声音的寂静。

我的大多数朋友都是和我一样的诗歌爱好者,他们分布在祖国的天南海北,我们通信,互相寄CD和民刊,打电话互通有无。但写诗有时候是一件青春的事,有很多网上认识的诗人后来消失了或没有什么消息了,听说最近还有一个诗人出家了。而八○后诗人中最早因病去世的那个诗人崔澍,原来我们的关系都不错,我还和他在聊天室和QQ上聊过天。挺好的一个小伙子。

有时候好长时间不写诗,就像一个世纪没写诗一样。所以听到有人和我一样说"好像已经有一个多世纪没贴诗了",感到很亲切。在刚写诗的时候,一个礼拜没写诗就像一个世纪那样长。

4

我的八〇后和十九岁的夏天

我的八〇后和十九岁的夏天

是八〇年代的孩子,我就做八〇年代孩子该做的事,说八〇年代孩子说的口头语,吃八〇年代孩子喜欢吃的东西,喝八〇年代孩子喜欢喝的饮料,听八〇年代孩子听的音乐,唱八〇年代孩子唱的歌,习惯八〇年代孩子的生活方式……总之,我要做一个真正的、纯粹的八〇年代孩子。

——题记

在我十九岁的夏天,我的生活发生了很多变化。用高地音乐论坛里一个网友的话说就是:"小资打败了朋克信仰,边缘文化被冲击得上吐下泻。"如果他是说我曾经也是个朋克（或是具有朋克精神）的话，那我可真的不知道该说什么好了。我真的曾经以朋克自诩过吗？我的"朋克蜜月"过去了吗？虚度了吗？反正我现在是连"痛仰"也不听了，我现在听莫文蔚，就是那个"天津网"上经常写点小资文章的女生们最喜欢的歌。

我每天下午起床，吃东西，去外面溜达两圈，偶尔去北大的未名湖转转，冲着夜晚的湖水发会儿呆。有时候看看DVD，经常在首都图书馆快下班时匆忙地去还书借书。我还是那么喜欢看古龙的小说。有时候几个小时面对空白的稿纸，死的心都有啊。在半夜上网，去自己的"春树下"诗歌论坛回帖删帖。说是诗歌论坛，但除了些原"春树下"的老诗友以外，别的冲着我的名字来的大多数的人，素质可都不太高。曾经有一句话："你总是在早上抽烟、喝咖啡，问我喜欢莫扎特吗。"嘿嘿，鉴于"春树下"人员的素质问题，还是把"莫扎特"改成"莫文蔚"得了。

因为签名售书，我去了两个以前没去过的城市，大连和成都。

在大连我几乎没有私人时间。我住的是开发区的一个小宾馆。屋里旧旧的，有种发黄的色调。我住的凤凰宾馆外面，是一条长满合欢树的小路，阳光照在合欢树上，粉红色的伞状的花被风吹散在地上，我从树下走过，留下满身的香气。那两天，阳光非常灿烂，我看到了海，还有开阔的公路。我努力用最短的时间感受到更多陌生的东西。

成都相对要生活化一些。我是独自去的大连，成都是我的几个朋友陪我一起去的。在那里，我见到了吉木狼格、何小竹、六回等诗人。夜晚我独自去了玉林路的小酒馆，在里面遇到了鼓手毛豆，他好像要到附近的城市巡演。我静静听了一首《十七秒》就离开了小酒馆，到女诗人翟永明开的"白夜"酒吧。

这个夏天，我编完了《八〇后诗选》一书。里面集中了几乎所有（我能找到的）最好的八〇后诗人的诗，还有些不怎么出名的八〇后诗人，尽量展现八〇后的整体面貌。在很早以前的《北京一夜》中，我就说过有钱的好处，包括编一本自己想编的诗歌刊物。

记得以前在"诗江湖"聊天室里，还曾和但影、西毒何殇、抑果、什么什么、木桦等人讨论八〇后诗歌流派的问题，现在也不知道他们都在哪里。从网络上我认识了那么多的人，却忘不掉最初认识的朋友。尤其是但影。当后来我对"春树下"的新诗人亡蛹谈起但影时，他不知道但影是谁。就在半年以前，但影还是"诗江湖"上备受瞩目的新人。天才出现得太快了，时不我待。如果不爱发言，不常贴诗，你会很快被别人顶替。当时他在福建一所大学读书，有很多的想法，前途无量。

除此之外，我还和城中等一些写诗的朋友通信。那时天天就谈论诗，不懂也承受不了别的，每天我走二十分钟到网吧看诗发帖，在"诗江湖"聊天室里讨论诗歌，包括挨骂、编网刊，甚至幻想着在"凯宾斯基"（北京一家五星级宾馆）召开"八〇后全体诗人代表大会"，幸福得要死。人活着总要有点精神的，我们那时候都想好了——同志们,为了诗歌,混死算了。在我终于编完这本诗集时,我松了口气,我没有让八〇后的诗歌兄弟姐妹们失望。这对我就够了。

我还能求什么呢?我处在一个飞快变化的年代,我处在一个日新月异的年龄。起码我在做着我喜欢的事情。但我偶尔也会回忆回忆过去:天蓝蓝的,那时的夏天,我们听着"SKA",看着河边,唱着"It's a good good good good day"和"I like cafe I like tea"。

这真是段值得回忆的岁月。至少我可以像以前我所不屑的人一样来一句"青春无悔"。

关于啤酒和香烟

有段时间我迷上了喝酒,混合酒,最中意的一款叫"自由古巴"——具体做法是这样的,在杯子里倒入一些朗姆酒,放上两块冰,再注入可乐。这种喝法多小资呀,这种享受也太奢侈了,就像小虚同学当时对我说的:"人家春树同学就连享受都比我们高级。"可爱的小虚脸上带着酸溜溜的表情。我早晚都会喝一杯,只要有。

我仍然讨厌喝啤酒,但最近常被灌上几杯到十几杯不等,然后捂着肚子在北京市下水道边狂吐,间或拿出手纸擦一下眼泪鼻涕。我常常被某人拉去参加饭局,基本都是文化人,写小说、拍电影之类的,我们经常从一个地方喝到另一个地方，我常常醉眼惺忪特想睡觉，厌世感激增，用下面这首诗概括是再合适不过了：

今天又来到一个迪厅（或者电子俱乐部）
唯一不同的是我第一次来
一个高档的地方
平时我连碰都不会碰的地方
这种地方注定充斥着一些俗人
电影导演、模特、演员之类
统统让我作呕
这恶俗的电子乐
这让人作呕想吐的电子乐
这我平时最讨厌的音乐形式
此时砰然大作并经久不息
我脸色发青、小脸通红
我还坐在桌子旁写诗
一脸肃穆的表情
我还不如他们这些俗人
他们比我还清醒

看来真有很多人喜欢啤酒,"Joyside"的一首歌的歌名就叫"I Want Beer"。想我当初看摇滚演出时也左手夹烟右手拿酒瓶,根本不用别人逼,自己喝得主动着呢。但一个人待着我是无论如何也想不起要喝酒的。如果我真的喝了,说明我已经决心今晚要喝醉了。

我不喜欢啤酒,但承认的确感谢香烟。

关于后海

我对后海一直没有什么印象。现在大家好像都挺爱后海的,我这么说就显得有些格格不入。在我心里,后海还没三里屯招我喜欢呢。

大仙说狗子说他和我来过后海,还说我老到后海泡着,这不是冤枉我呢嘛。我的确来过后海,但那都是陪朋友,一般都是他们组个什么局,顺便叫上我,我要是有打车钱就过去。

如果我的朋友们都在厕所里聚会,估计我也会到厕所里待着。

所以说,我对后海非但不是很熟悉,简直是毫无感情。

因为我不是老北京。

我对北京的历史典故并不了解,那里也没有我的过去。

让一个对后海如此陌生的人来写后海,是不是有些搞笑?

写后海的人挺多,我挺佩服他们的文字能力。

我之所以不喜欢它,是因为我认识它时它已经变得很嘈杂,那灯红酒绿、汽车鸣笛,那红男绿女,那小店铺里时尚与民俗相结合的情调,统统让我倒胃口。

还是喜欢在傍晚时,和几个朋友坐在后海的一个小酒吧门口,放上一盘自己喜欢的CD,就这么聊着天,想想何勇的歌词"银锭桥再也望不清,望不清那西山"。真的,这歌词我能听懂,可要是再往深里说,我没他的惆怅。

我从来没有在后海消磨过哪怕一个下午,因为我没钱打车去离家那么远的地方(有钱时想不到),还因为我的朋友都没有在白天来后海的习惯。他们就好晚上到后海的一个饭馆吃饭，叫上一大桌子人，这种聚会总叫我疲惫和累，我喜欢和一个人单聊，不喜欢和一桌人一起聊。

而晚上的后海真叫我尴尬。

后海是二十七八，有点小钱，爱喝点小酒、听点小歌的人的去处，一帮不服老的中年男女，一帮赶时髦的青年男女，一帮追求享乐的外国友人，熙熙攘攘，跟夜市似的。你说和他们在一块儿有什么劲，有什么劲?!

关于北京

听说人才都是成群结队地出,这批没上你就只能赶下一批了。但你的想法还是上一批的,所以在下一批里也难出头。夹在两种文化之间,会感觉到左右为难,上下不靠,非常迷茫。这么断裂的感觉非常像现在的北京,或者是我感受到的目前的北京。

不知道是北京变得越来越没劲,还是我变得越来越空虚,我现在是觉得北京没前几年好玩了,可能是属于我快乐的年头过去了。想当年北京流行过的东西,包括几年前的电PAR,那时我们最经常的娱乐就是周末去三里屯附近的电子乐俱乐部,还研究怎么跟着不同的节奏起舞。那时候可时髦啦。有一些俱乐部是营业到凌晨,我们如果没钱打车回家,地铁、公共汽车又没了的情况下,就会投奔一个俱乐部,然后靠在里面沙发上睡觉,梦里还能听到那让人头晕、让人恍惚的电子乐。凌晨我们睡眼惺忪地晃荡着离开俱乐部,会先去小饭馆喝碗豆腐脑或者炒肝。我就是从那时候起爱上喝炒肝的。

而我们还有一个一直持续到现在但也快坚持不下去了的娱乐,就是看摇滚演出。从最早的五道口的"嚎叫""开心乐园"到接下来的"豪运",再到现在的"新豪运""无名高地""路尚"。一路摸爬滚打下来,看演出的和演出的都换了几拨人。岁月催人老,成熟了的摇滚乐爱好者和摇滚乐手纷纷离开了摇滚乐,还有那些身在暗处有的自杀有的患忧郁症有的成为骂人偶像的乐评人,还有那些曾昙花一现的摇滚期刊,都在更新换代。能坚持下来的不多,这需要爱好、能力和一些技巧,最主要的是在某些时候压下自己的厌倦和惯性操作的念头。

孩子们曾经熟悉的地方一直在拆,从五道口到方舟书店，至今还有人向我打听曾是一个小聚会点的方舟书店，而它已经拆了大概三四年了。而五道口还有许多供人购物和娱乐的场所。前辈都在变老，我们逐渐变成前辈，体会到变老的感觉。新一代的摇滚小孩什么也不吝惜，比起我们当初有过之而无不及，我们中间无可避免地形成某种鸿沟和代沟。

我的一个朋友，女孩，最早玩摇滚乐的一批人之一，现在她也在坚持，她的乐队已经出了两张专辑了。而她的生活显然不像现在的十五六、十七八的摇滚乐爱好者那么洒脱和多姿多彩。有回她告诉我她看上一个看演出的小孩，觉得很有好感，可怎么也不知道该怎么开始他们的对话，"我总不能跟他说：'嘿！小孩，姐姐喜欢你，告诉我你的电话吧！'"你看你看，我们都成"姐姐"了，这日子过得还有什么意思？

现在就连西单和长安街都变得那么没意思，北京越来越金钱化，再也没有了当初没有钱也很快乐的感觉，也没有了奇迹和梦想的可能性。哪有什么梦想啊，那是包装；哪有什么奇迹啊，那是后边有人在罩着你。

　　北京现在真尴尬，几年前能代表北京的是海淀区，代表了文化和理想主义。现在君不见大家都去朝阳区买房了吗？现在的北京缩影是朝阳区，朝阳朝阳，听上去多阳光灿烂；而海淀海淀，海里沉淀下来的能有什么好东西？现在的北京，就是越来越没北京的特质，现在全国的小孩，除了北京的不像北京人，哪儿的都像北京人。

爱情大师讲爱情

我经常和各个圈子的朋友聚会，发现一个好玩的规律。"上层圈子"（通常指国内名牌大学毕业，出国读过书，目前衣食无忧，自己开公司）的人们经常谈论的话题是哲学、文学、政治和旅游。间或会谈到点生意经，但不多。

"中层圈子"（指有工作或有个人生活能力，基本衣食无忧，有点小幻想但基本没实现，大部分人有个二、三流大学毕业证，小部分未上过大学但自视甚高）的人往往爱讨论爱情，年龄大点的还要讨论婚姻家庭。间或谈到文学。

"下层圈子"（指自身难保，通常没上过大学，有一技之长但在现实中利用不佳的）经常讨论的就是各种人际是非、小道传闻和工作。注意，不是事业，是工作。比如，"谁能帮我找份工作？"或"我想找到更好的工作"。

三个圈子都会谈到爱情，只有中层圈子谈得最多最热烈。上层圈子不谈爱情，可如果你有关于爱情的事情向他们咨询，他们会说给你许多道理，让你也"听君一席话，胜读十年书"。中层圈子说着说着就会把自己的经历扯出来当论据。下层圈子谈爱情谈得少，可能是生活另有压力吧，说出来的话也比较实际。

某天我和"上层圈子"的一个朋友聊天，在听我诉说过苦恼后，他对我说了许多话，我留下深刻印象的有：首先，要爱自己，只有爱自己才能爱别人（我郁闷地低下头）；其次，要无所求（我瞪大了眼睛），要高兴；再其次，要发现对方的苦，而不是恶（我点头称是）；而发现他/她的苦后，要用光来照亮他/她（我惭愧地低下头）。

在听完"爱情大师"讲的话后,我怀疑我是否也是一个"爱无能"?就是没有爱的能力。这种能力,不仅是投入爱情的能力,而且是一种让爱情从光明走向光明的能力,是一种在吵架时能扭转不良气氛的能力。为什么说"我爱你"只需要三秒钟,而接下来吵架却能吵十个小时?

"爱情大师"恰到好处地补充道:"这就叫黑暗。"

我们又说了许多,"爱情大师"给我上了不少课。

紧接着,我就和另外一个"中层圈子"见面了。刚进去就听见他们(大部分是女士,只有三个男的)在谈论爱情。我的朋友A正在说她有一个好朋友失恋了,原因是她男朋友把她给甩了,而他们都快准备结婚了,A很看不下去,问大家男人的心态是什么,是不是做了决定就这么狠。大家七嘴八舌地说啊说,其中还有一个女孩拿自己为例说明:"我都把自己发到北京来了,他还不是跟我分手了?"

半天,大家发现一言未发的我,让我发言。我说:"不要看到他的恶,要看到他的苦。这可是一个爱情大师告诉我的啊。"

　　B说，那大师是男的吧?

怪你如此叛逆

我现在越来越怕提"八〇后"这个话题了，一提就浑身哆嗦，我知道谈这个吃力不讨好，又容易得罪人。不知道从何时起，这八〇后越来越被媒体妖魔化，俺登了《时代》周刊，更是加了一把火，不过这火好像是烧向俺自己和同龄人的，大多数七〇后都在看热闹，还希望火燃烧得更猛烈一些，还希望能够燎原呢。

提起这事我就急，但我不能急，我一急就变成不"从容"了，会成为另一个把柄的。不是还有人说嘛，上个《时代》有什么嘚瑟的？媒体也乐得迅速声明，是亚洲版！是亚洲版！生怕让大家误会是美国版的，可能觉得俺还不太上档次吧，上个亚洲版就不错了。

试问一句，如果您老先生也能上个封面（当然也许您不屑上），而且不是说你杀人放火了，不是通缉你，你是不是也会高兴呢？估计还会多买几份珍藏吧？这是人的本性对吧？大家都在用各种办法让我必须高标准要求自己，"不以物喜，不以己悲"，"泰山崩于前而色不变"……我说一句高兴大家都怒了，说你怎么这么崇洋媚外啊，真应该送你们这帮八〇后去农村待待，饿你们几天就好了……典型的"文革"思想。

这八〇后的阵营也是逗，好事记者飞快弄了一个什么"八〇后的偶像派和实力派"，我真想骂人！你以为八〇后都是唱歌的啊？还"偶像"、还"实力"呢！

而大多数我了解的八〇后最大的问题就是幼稚，就像某七〇后男人贴了一篇《坚决不娶八〇后的女子为妻》（这文章也是够损的），说什么八〇后不会织毛衣啊，不会做家务啊，紧接着底下回帖的八〇后就愤愤不平了："我会织啊！我也经常做家务啊！"这都哪儿跟哪儿啊。用得着跟他解释吗?！这帮八〇后的小乖乖……

七〇后急是有理由的，从六〇后直接到八〇后，根本没他们七〇后什么事儿了。虽然他们也曾要求过正名，虽然他们也曾蹦跶过几天，可现在社会变化太快了，七〇后就像铺路石，目前仍然在寻找自己的位置。

朋友对我说，你的小说是写青春期的鼓噪和不安，很直白，但并不被主流思想认同。

你的小说写了抽烟、喝酒、性，很真实，也确实是你的生活。

外国人很喜欢，也没有什么问题。

政府希望到国外去的，还是代表中国国内的一个主流的思想，积极向上的、爱国的。但你小说里表现的，实在有些不够积极向上。

而这往往会被认为是中国青年的主流。

他说得对。所以我也没什么脾气。

另外，像诸如此类的问题——"你觉得中国八〇后会不会是'垮掉的一代'呢?"——就不要再来问我了，提问的人先把什么叫"垮掉的一代"闹明白再说。

5

泪眼问花花不语

奇遇

这两天我过得特别晕。先是阿斐来北京,我们几个在南人的办公室里待了一夜,聊诗歌,看短片,上网。那天我就睡在空荡荡的演播大厅的地上,特别隔音,我可以在屋里随便翻跟头也没人管。可我太累了,累得我都睡不着。

为什么我越累就越清醒呢?这和酒醉的感觉一样,精神清醒,但控制不了身体的软弱。

第二天七点钟南人把我们分别叫醒时,我觉得我都快挂了。真过瘾,我们还吃了顿早点。

然后小宽和他朋友打车回去,南人送我和阿斐。阿斐借住在他北京的朋友处,在北航附近,正和我住得南辕北辙。其实南人的单位离我家非常近，如果打车，十分钟就到了。

南人说：春树，我们先送阿斐吧？

我说好吧。

说完我就后悔了。

我心想要不然我自己打车回家？可外面太冷了，我连秋裤都没穿，就在惰性产生的一刹那，我失去了自己打车回家的机会。于是我重温了一遍三环。早晨的三环，车站边上围了一堆等公交车的人，个个都显得比我坚强。我太佩服那些必须要在早上起床并天天坐公交车的人了。

送完阿斐，南人沿着河边开车回去。我知道他家住得离我家也不远，可他停下车说：就送到这儿吧。

我差点没吐血。呵呵，在五棵松地铁旁边，比我从南人单位直接打车回家还远。

但我很矜持、很艺术地说：好的。

于是我哆哆嗦嗦地下车，找了辆出租车上去。

结果司机说：对不起小姐，我刚开出租，您能告诉我路怎么走吗？……

忘了怎么一路回的家了，回家以后我连脸都懒得洗，把隐形眼镜摘掉就上床了。直接就睡到第二天下午五点钟。

过了几天，子弹来北京了。他给我打电话时是下午六点，我当时刚起床，正坐着发愣呢。他说他现在在北京，问我晚上吃饭了吗。我下意识地诚实地回答道：没吃。说完我就后悔了。

然后他就说一起吃晚饭吧。他们几个人在西坝河的远方饭店边上的一个饭馆里。我说好吧。

其实我今天不想出门的。我最近吃不好睡不好，日夜颠倒，再加上这北京跟北极似的，冬天的晚上五点钟就跟夏天的晚上十点似的，也没什么夜生活，除了酒吧和商场，基本上街上都黑压压一片。这搞得我天天特别没精神。想振作实在是没动力。

从我家打车到西坝河，又是地图上的大斜线。我无心打扮，最近无论是见记者还是拍照片，我都没化妆。

这不太像我的风格啊！

吃完饭，聊完天，我和张四顺路打车回家。他住万寿路北口，比我家还远，只是从来没去他那儿玩过。

车经过华星影院，我突然饿了，并且想撒尿。于是我们进了马华拉面。

没烟了，真烦。

正吃着蜜枣呢，突然进来一个人。他一进来我就看到了他。或者说，不是看见，是被吸引。

他五十岁左右，穿着一件黑色的皮夹克，头发一半都白了。脸上有皱纹，不知为什么我觉得他特痛苦，是那种深藏不露的痛苦。我觉得他特别像一个人，只是那个人比他老。

他在我们前面的一个空座上坐了下来。我看见他在喝啤酒，吃花生。他没点多少菜，有点寒酸。

我对张四说：我要跟他说句话。

张四问：说什么？

我说：说……我也不知道说什么。但我特别想跟他打个招呼。

我想，还是送他一个礼物吧，这样比较容易拉近距离。

我开始翻书包，我想送给他一件礼物，但我包里什么也没有。最后我找到一支圆珠笔。

我是犹豫了半天后才走过去的。在这之前，我和张四一直笑，笑得我都有些不好意思了。看着老头慢慢地喝着啤酒，吃着炒饭，我想，成败在此一念间，再不过去人家饭都该吃完了。

我对他说：我想送给您一件礼物。

他看着我放在他桌子上的圆珠笔，温和地说：您为什么要送礼物给我呢？

我说：我也不知道，就是您一进来，我就说不出来的欢喜。特别想跟您说说话。

他说：谢谢。

我也说谢谢，就退回去，坐在了我自己的座位上。

张四说：猛！

其实我还有些想说的，但怕唐突了他。

老头吃完他点的一盘炒饭后走了。走时还和我们打招呼。

张四说：他比我们都从容。

我特别开心，觉得这老头是从天上掉下来的。这种缘分是可遇不可求的。是我认定的知己，是瞬间，是礼物。我的寂寞感动了天空（棉棉语），所以会让一个人突然出现在我的视线内。

吃完饭，我们出门，看到华星电影院门口玻璃窗内招贴的海报。张四说他特别想拿一张，我说我也是。

真的是奇迹，我看到一张《黑客帝国3》的海报，我试着打开玻璃窗，居然没有锁，直接就打开了。然后我们就笑着把那张海报取了出来。

窗外下着雨

写小说最让我头疼的就是人物的名字，但凡事都得有个开始，所以，让我忘掉他们的名字吧。他们是被我创造出来的，他们没有名字。

自杀——无名氏1

有一次我在电话里跟刘老师聊天，刘老师说你应该把这些写下来，我首先想到的就是无名氏1。他的确是个传奇人物，在一个小圈子里。圈子大了也就不好玩了。

和他见面的第一眼就知道他是个摇滚青年。

现在我还记得有一句话叫："你是一个摇滚青年，隐隐约约我喜欢摇滚，虽然模模糊糊我不知道什么是摇滚。"

那时我也是个摇滚青年。

我们谈过恋爱，很短暂，而且更像是友情而不是爱情。我先是和他哥老魏谈的恋爱，后来就和他好了。后来他和我的一个朋友好了。但没有什么，因为我已经对他没有爱情了。或者说一句可能让他伤心的话，我不觉得和他之间有过爱情。

可能他哥也是这么想的。

在我和他没有谈恋爱时，他就嚷嚷着要自杀。当然他没死，要不然后来的故事怎么发生呢？

在和他两年没见以后，我在天津重新见到了他和他的女朋友。"女朋友"这个词有点奇怪，因为我更想称呼她为我的朋友。事实也就是这么回事，她既是他的女朋友，也是我的好朋友；他既是她的男朋友，也是我的前男友，也是我现在的好朋友。

生活永远比小说更像小说。我把我周围的故事像流水账一样叙述出来就比真正的小说好玩一百倍。

那真是一种亲密无间的关系啊,不是所有的朋友在经历过一些事以后还能继续做朋友的。而我们就可以。我和他们无话不谈。下了火车后我就和他们去了他家,他以前给我写信的那个地址。真没想到,我和他好的时候没去过,现在倒是去了。屋里贴着一堆贴画,真亲切。我们抽烟、喝橙汁,他们给我看他们的影集。我发现每次在见到无名氏1的前五分钟里,都觉得他特帅,但那种感觉五分钟后就消失了。可能我觉得他比较会穿衣服,每次见到他我都眼前一亮,觉得他穿得恰到好处。

到天津的时候,天下着雨,是那种绵绵的小雨,但我们只觉得兴奋,不觉得忧愁。无名氏1穿着白跨栏,戴着一顶渔夫帽。她的女朋友——我的好朋友蓉蓉穿着简单的黑T恤和牛仔裤。无名氏1对蓉蓉很好,从语言上就能感觉出来,他称呼她为"我们家蓉蓉"。

无名氏1家住在河边，我们走在又高又窄的河堤上，天热得厉害。无名氏1和蓉蓉在前面走着，他们不时回头和我开着玩笑，我心里涌动着许久没有的轻松和欢快。

我们在无名氏1家喝了几罐可乐和橙汁，抽了几支烟，我坐在无名氏1的床上和他们聊天，还吃了几根麻花。无名氏1从影集里挑了一张照片送给我，是他戴着墨镜站在树下，他挺上相的。蓉蓉则送给我一张她和朋友的合影，她挺小的，现在才十几岁。但我常常忘记这一点，我只觉得她有时候比较小孩，但从来不觉得她幼稚。

和蓉蓉认识是在成都，她是我的书迷，我到成都签名售书的那天，她就来了，给我带来了一大捧鲜花，然后跟我到宾馆。成都有一个媒体说没人来送花，这是骗人的，起码还有蓉蓉送花呢！晚上我们一起吃涮火锅，她坚持不让我付钱。随后的几天，她一直陪伴着我，我们逛商场，去网吧，去我一直想去的玉林路的酒吧。我们在酒吧里买酒，她也抽烟，她一直给我讲着她的许多事，包括她的父母、学校、她最爱的姐姐……有时候她又很害羞和内向，不说什么话。有时候我觉得她像一只鸟，小小的，圆乎乎的。她说她平常不怎么说话，只是见了我才想说话。我们是一个星座的，她比我小三岁。

有一个晚上，她和我一起回到我住的宾馆，说要留下。我没有同意。我说我还要给我男朋友打电话呢。她走了以后，我在房间里百无聊赖，我想我应该让她留下，和她聊聊天。

蓉蓉一直在跟我讲她的老家重庆，她说你下回来，我们一起回重庆吧，我带你到处玩。我说好啊，但一直到写这篇文章时，我还没有和她一起去过重庆。蓉蓉总在说要是有钱就好了。其实就算有了钱，还会有很多阻碍你计划的事。

我从成都回到北京后，蓉蓉经常给我打电话，我还不时会收到她的信，但我已经过了收到信后兴奋得立刻回信的年龄了。

下午，我们三个人去找任老师。路上他们一直有争执。天很热，我穿着蓉蓉的一件天蓝色的无袖T恤。无名氏1带我们七扭八拐终于找到了任老师租的小屋。那是在一个普通天津老百姓住的胡同里，只有一间平房，屋里除了一张硬板床、一张桌子、一把椅子和桌子上一台无法上网的电脑外，就是书架里和堆在地上的书。公用厕所离任老师的小屋步行有十分钟的路程。任老师自得其乐，我们来的时候，他在听音乐。

我们在任老师的小屋里待了很长一段时间，其间我一直在看天津出的一份最小资的报纸《假日100天》和各种摇滚期刊。

晚上，任老师跟我们一块儿去找我的一个朋友。我们出去坐公共汽车，在路上又约了无名氏2和她的男朋友。我们是在一个路边公园等无名氏2和她的男朋友的。走进公园才发现里面有一个不小的荷塘。荷花还没有盛开，满池绿色。我和蓉蓉坐在高高的台子上，一边抽烟一边喝可乐。我对她说，我已经好久没有这么快乐了。

在去找我朋友的车上,我后来困了。我觉得有点晕车,到后来无名氏1站起来,让我坐在蓉蓉旁边,我睡了过去,慢慢靠在了蓉蓉的肩膀上。她轻轻地扶着我,我睡得很安心。直到车到站了,他们才叫醒我。那时我肚子还不好受,下车后他们都点上了烟,我摇摇头说我先不抽了。无名氏2戴着一副大大的茶色墨镜,就是在说话时也没摘下来。我真觉得有点别扭了。大家三三两两地走着,我的朋友宁晨不时打电话过来问到了没有。他在汽车站附近开了一个卖打口CD的小店。

在路上,蓉蓉和无名氏1又吵起来了,我听清了,是蓉蓉要回成都,她妈妈天天催她;而无名氏1不同意,他想让她多陪他几天。我们都说无名氏1太自私了。在路上,无名氏2还问了我几个问题,我都不知道怎么回答,隐约感觉有点怕她。宁晨的小店里堆着许多CD,还有一张沙发,有点像农民企业家的办公室。宁晨不好意思地说,刚开始开店,有点简陋。宁晨和蓉蓉差不多大,都是八六年的。他看上去唇红齿白,穿着简单的衣服，像一个真正无忧无虑的年轻人。而蓉蓉就比他多了些阴郁的色彩，后来的故事更证明了这一点。

无名氏2分析宁晨是当晚在座的人中最没有心事的一个。我觉得她说得挺好，无名氏2有时候的一些句子写得不错，有时候一些感觉也不错。我最喜欢无名氏2在她的《当林夕遇到弗洛伊德》里写过的一句话："小溪想海洋，弗洛想伊德。"那句话总让我莫名地忧伤。

聊了一会儿，我们到门口吃饭。天津的饭是既便宜又好吃。我们吃了许多烤串，席间大家妙语连珠，宁晨坐在我旁边，我问他为什么不怎么说话，以前在网上不是挺能说的吗？他说看我们聊的都是诗歌的话题，他懂的不多，插不上嘴。任老师跟我们讲起传奇的刘老师的故事，说他在八十年代是天津最大的书商，赚了很多钱，自费给一批作家出全集，一个人投入几十万，后来他有一次在飞机上摔了一跤，从此再没出过医院。他现在也做挺多事，包括帮人联系工作、约稿等等。任老师颇为感慨地说：刘老师有一句话说得我特心酸，他说他现在做这些事儿，就是在为他死了以后挣花圈呢！

　　此言一出，大家都觉得心里不是滋味。我说下回再来天津，得去医院看看刘老师。无名氏1戏谑地提到了另一个女孩，我当时有心替她辩护一句，但也没开口。通常在我觉得说了没用的情况下，我一般都会转换话题或沉默。那天他们都喝了许多啤酒，我喝了没有，我已经忘了。在饭桌上，我提议去唱卡拉OK，大家都同意了。但天津没有麦乐迪和钱柜，于是我们随便找了一家唱几个小时收150块钱的地方。

　　这个地方所有要点的歌都要到门口大厅去报。这可能是一个歌舞厅，大厅里坐着几个中青年美女在打牌。几个老板模样的人对我说："我们这儿没电话，门口也没插卡机。"我们不停地抽着烟，门口送来了瓜子、花生、话梅之类的小吃和茶水。这里多的是老歌、旧歌，像朴树之类的都一概没有。罗大佑倒是有几首，但我最喜欢的《爱人同志》这里也没有。后来在我们唱罗大佑的歌时，宁晨一直正襟危坐，原来他从来没听过罗大佑的歌。

蓉蓉唱了一首《叶子》，她的嗓音非常好听。而无名氏2则在等点歌的空闲自己哼哼着一些英文小调儿。我们唱着闹着，时间已经晚了。最后无名氏1神秘兮兮地出去点了两首歌，说你们肯定会惊讶我点的歌的！一会儿画面出来了，他点的第一首歌居然是《常回家看看》，第二首歌更令我惊讶，居然是《走进新时代》。在我上那个破职高时，有一次春节联欢会，全校就要求集体唱《走进新时代》，临结尾还举出了不同时代的三个伟人的画像，分别是毛、邓和江。对于从那所学校锻炼改造出来的我来说，这首歌的每一句歌词我都会唱。奇怪的是我唱得还很严肃。在唱到"我们唱着东方红，当家作主站起来"时，我的眼泪突然流了下来，我赶紧用手掩饰着把它擦干净。这时，我看见无名氏2正在抽泣，而无名氏1和任老师却在嘻嘻笑着，宁晨表情正常，无名氏2的男朋友早已窝在沙发上睡着了。我喊无名氏2的名字，我相信她已经听到了，可她没搭理我。

　　唱到这首歌结束的时候，蓉蓉告诉我，她也哭了。

而无名氏2是一直在哽咽。这让我感到有些好笑，又对我们在听这首歌时都哭了的举动感到怀疑。但明确无疑的是，在唱这首歌时我真的感到了一种激动和悲伤。

在回宁晨的CD店的路上，我们还一直唱着歌。我和宁晨唱了许多朋克歌曲，蓉蓉在唱《叶子》和一些小时候唱过的歌，《让我们荡起双桨》什么的。无名氏2和她的男朋友并肩走着，任老师和无名氏1并肩而行。

后来他们都提前走了，只留下我、无名氏1、蓉蓉和宁晨在他的店里聊天。我们聊了整整一晚上的诗歌和音乐，间接提到了八〇后。无名氏1言语之间多有激动，他说他现在东西写得少了，但相信他是最牛×的！诗人嘛，总有一段时间是写不出来诗的，这种体会我有，所以我能理解他。他还向蓉蓉提到了和我之间的事，说虽然这么长时间没联系，但见面后还像昨天刚见过，这说明我们之间没有隔阂，我们还是朋友！我觉得也是这么回事儿。反正对无名氏1我是不惧，而且有时候还能说服和安慰他。

后来我们都说累了，光有烟没有水，连边儿上的小卖部都关门了。我们四个人半坐半躺在沙发上，后来我睡了一会儿，无名氏1也睡着了。醒来看到蓉蓉坐在门口抽烟，我去上了个厕所，回来又躺到沙发上，宁晨出门和蓉蓉聊了一会儿。后来我怎么也睡不着了，但还困得厉害，就又去上厕所，蓉蓉陪着我，从CD店到厕所只有几十米。

那时天已经发亮了，夏天的早晨总来得特别早。天边是层层叠叠的白云，天色明净，我感到久违的幸福。和蓉蓉站在天下面抽了一支烟，街上还没什么人，树绿得可爱。想起来每到外地，我烟抽得总是更凶。我们在外面说了一些话，她说她想离开无名氏1，又说她觉得她已经不爱他了，他太烦了。我想起无名氏1在我们好的时候办的事儿，不禁苦笑起来，要离开他谈何容易！

等到天亮时，我看到蓉蓉和宁晨还在门外聊天，他们小小的身影显得格外执着。无名氏1也醒了，张罗着大家吃早点。

要不是这种偶然的机会，我一年也难得吃上一次早点。

蓉蓉跟我说明天就坐车到北京转车回成都,到时候会给我打电话。

吃完早点,告别了宁晨,我跟着他们到无名氏1家里拿我的东西。为了精神一下,我洗了个澡,他们让我睡会儿,我就在床上睡了一会儿觉。睡了大概有四十分钟吧。不睡还好,我是越睡越困。直到不得不起的时候,我挣扎着起来了。在我们坐着"面的"往火车站赶的时候,我想起我曾经有好几次因为迟到误了火车的事,最早的那次我还很愤怒:"为什么火车这么准时地开走了?!"果然我们因为迟到了两分钟,开往北京的车已经出站了。最近的一班也是两个半小时后的。还不到中午,于是我们决定在候车室等车。无名氏1去买了两包"中南海"和两瓶矿泉水。

在等车的过程中,他们又吵了起来,无名氏1拍着桌子对蓉蓉喊道:"张蓉!我告儿你,你就是……"我不禁哑然失笑,好的时候"我们家蓉蓉""我们家蓉蓉"

的，这一不好，就"张蓉，我告儿你"，这反差也太大了，搁谁身上可能都一时难免有心理落差。蓉蓉可能习惯了，她没有动气，还在和无名氏1理论着。他们争论的焦点无非是蓉蓉她妈想让蓉蓉回成都（蓉蓉自己也想），而无名氏1想让她多陪他几天。吵架时难免扯到旧事，我是了解无名氏1极端的脾气的，他指责蓉蓉自私，不替他着想，说他一个人在天津太寂寞。我想起昨天晚上我们四人"座谈"时，无名氏1半自豪半自怜地说过，他在天津，平时只去找任老师聊天，没白天没晚上的，也只有任老师理解他。他现在觉得跟那些小孩说话都"没劲"。蓉蓉自然很委屈，她的带有重庆口音的普通话加快了。我听到他们的对话不禁叹息，以蓉蓉的社会经验和对男人的了解来说，她和无名氏1不是对手。也就是说她根本说不过无名氏1，虽然任何一个旁观者都能看出谁更在理。听着蓉蓉的解释和反问老找不着重点，反而给了无名氏1把柄，听着无名氏1不断地混淆论点，看着无名氏1自信的表情，看着蓉蓉面对无名氏1时时而流露出的胆怯和畏缩，我仿佛看到了曾经的自己，我的心被这眼前的画面给深深刺痛了。

无名氏1振振有词地说：春有力，你评评理，你说我说的是不是这么回事儿？

蓉蓉也向我转过头来：春有力，你听我说啊！……

真像是小说里的场景。我过去的男友和我最好的朋友此时都让我评理。我当然不能……反正不能跟我不在边儿上似的。

我把无名氏1拉到一边，准备跟他好好谈谈。我知道这时我不应该说什么，本来没我什么事儿，而且我们的关系在这时也显得尴尬。但我还是说了很多，我和无名氏1的沟通还是没有什么困难的，而且是平等的。我的大意是蓉蓉比较小，不应该这么说人家，人家想回家怎么了，这是自由！This is the freedom！然后我又补充道，当然你也付出了很多……

他说的话有一些和当初对我说的如出一辙：我爱蓉蓉！我不想让她在天津这个地方受伤害，她太不成熟了，她根本不知道这世界是什么样儿，我想保护她……我带她见过我哥，当时老魏看她那眼神……你还不知道老魏这个人吗？他心里想什么我能不知道吗？……我承认，当初你把我抛弃以后很长一段时间我都消沉了，后来我耍了很多女人，但遇到蓉蓉后我觉得她很单纯，我想认真地对待她，可她太不懂事儿了！（这话听着很耳熟，有太多男人对伴侣的指责都是"太不懂事"，其实谁更不懂事还说不定呢！）我是男人，我要我的尊严！她太不尊重我了！

我内心五味杂陈，我跟他说：无名氏1，你听好了，我敢抽你，可是蓉蓉不敢，所以你要对她温柔点儿。

后来我忘了他们又说了些什么，我坐上了车，我很困。回到北京后我睡了一天。

第二天蓉蓉没有给我打电话。第三天北京下着大雨，蓉蓉打电话过来说她在北京火车站转车，火车还有几个小时才开。我让她来我家。她背着一个大包，穿着有些脏了的黑色T恤衫，比在天津时脸上更多了一层"忍辱负重"的神情。她还没放下包就对我说：无名氏1可能死了。

我听到这个消息的第一个感觉就是，这是不是又是无名氏1开的一个玩笑？然后我就感到很累。蓉蓉表情凝重，她说我走以后，她和无名氏1吵了一架，然后分别走了。无名氏1之后就失踪了。她来北京前，从无名氏1家里拿衣服，无名氏1的妈妈对她说，无名氏1死了。

我说：她就这样让你走了？

蓉蓉说：她说你还小，你走吧。

我安慰她说他不会死的。他永远都是一个想自杀却死不了的人。他有那勇气吗？他要真死了我倒佩服他。

蓉蓉：可是他妈都说他死了！她总不会骗人吧？

我说：有谁能联系上他吗？任老师不是经常见着他吗？

蓉蓉：每次都是无名氏1去找任老师，任老师和他也联系不上。

我说：蓉蓉，唱首歌吧，就唱那首《叶子》。

蓉蓉唱了，她唱得不成调。她的脸上一直有着惊恐的表情。

我给她点上烟，说：别想了，别想了。反正你已经离开那儿了。

蓉蓉说：我以后再也不想谈恋爱了。太累了。

她让我送她去火车站，蓉蓉在路上一直重复：我再也不想谈恋爱了。我觉得对不起无名氏1。我真的再也不想谈恋爱了。就是他没死，我也不想和他好了。我不会原谅他的。

几天后，我知道蓉蓉已经回到了成都。我这几天一直试图找到能和无名氏1联系的人，但发现线索都断了。我对无名氏1这几年的生活太不了解了。我给宁晨写信说了这件事，他很快回信，说给任老师打过电话了，任老师说无名氏1最近没和他联系。他说想起那天大家在一起玩真高兴，没想到这么快就这样了。他说其实他想要的是朋友式的长久拥抱而不是短暂的握手！"我们在一起的机会可遇不可求，我十分珍惜和你在一起的每一刻。"宁晨说我们走后他睡了一天的觉，刚刚经历的每一分钟都历历在目，压马路，躺在沙发上聊天，想想都想笑，可又十分甜蜜。

我也是，想起那天就想笑。

我和蓉蓉还在电话里就无名氏1死了没有做了猜测，蓉蓉已经不像那天在我家时那么紧张了。我说他肯定死不了。蓉蓉说，我觉得也是。

后来我几乎忘了这件事，无名氏1到底死了没有，在我心里已经变成了一个笑话，蓉蓉也给我打电话说她爱上了另外一个人，她的大学班主任。她还说呢，下回你来成都，我班主任说了，请咱们一块儿吃饭。

我男朋友知道了说：这班主任胆儿真大。

终于有一天，蓉蓉在电话里对我说：无名氏1没死。他不让我告诉你。我要和他分手。他说他那段时间就想一个人静静，想点事儿，谁也不想理。

又过了几天，蓉蓉在电话里对我说：你知道无名氏1怎么跟我说吗？他说春有力就是一直把你当傻×！我跟他分手了。

如果说我确实从心底里理解无名氏1包括他说自杀的恶毒喜剧，那这句话将是我唯一不能原谅的。这让我感到他的确有些变态了。

又是无聊的一天,我回到家,在晚上收到了蓉蓉的短信,只有一句话:我和无名氏1又和好了。

我笑起来,没给她回短信。我知道他们就像涨潮落潮一样,在他们没有真正分裂之前,还会发生更多的事情。我像一个预言家一样,能预想到那些还没有发生的事。无论如何,都不会让我感到惊讶。

这变化是好的变化——娜娜

春无力还有一个名字叫春有力,除此以外还有两个名字叫春爱国和China春。

在出租车里,我郑重其事地对娜娜说。

鉴于天津人有叫对方"老师"的习惯,我一般称呼她为"娜老师"。当然,娜老师也称呼我为"春老师"。

娜老师原来也是天津著名的"文学女青年"。后来大学毕业,她就来北京上班了。她没说,但我感觉在天津的一些经历和感觉她都忘了。虽然我是在她到了北京后才和她见面、正式认识的。在之前，我们都只在网上、各自朋友的嘴里听说过对方。我们分别在网上看过对方的照片，也分别看过对方的诗和小说。

我们第一次见面就不欢而散。其实她到北京后就给我打过电话，说单位就在隆福寺附近，让我什么时候去三联的时候顺便见面聊聊。当时我对娜老师的印象并不是太好，其中一个原因就是无名氏1说很讨厌她；还有一个原因是她在网上都被人称呼为"天津小资女青年"，她别是以为我是"北京小资女青年"吧？

那天我们不欢而散。娜老师说我看起来憔悴多了，这让我听着很不舒服。联想到娜老师刚来北京时我们打过的几个电话，我那段时间一直懒洋洋的，对娜老师说的话难免有些敷衍。我当时在电话里就差点急了，后来为了表现风范没急。可我跟娜老师见面就急了。我忘了是怎么一股无名火让我赶走了她，我好像跟她说，你走吧！我不想跟你说话。当时我男朋友在场，娜老师走了以后他跟我说，人家专门来看你，你怎么一言不合就给人赶走了啊？

那天气走了娜老师，我心里也特别不是滋味。几天后我给娜老师发了一个短信道歉，然后她就在"春树下"回了我一个帖，我们又好了。

这次是真好了。从此以后我们互相理解，互相取笑，在不同的道路上共同成长和进步。

确实是不同的道路，娜老师在通往家庭妇女的路上走得越来越远。好几次我都觉得应该规劝规劝她，可她乐在其中，并且真正感到幸福。我几乎都想不起来娜老师曾经作为文学女青年时的那些锋芒和文章了。她在那些文章里应该也曾经挥洒过心血和汗水吧？不知道她还怀念吗？

我有两天和她一起在天津度过。在那座城市里，有娜老师的初恋和青春，还有她曾经的文学女青年的梦。她在那里生活了十六年，当娜老师十六岁离开的时候，已经对这座城市失望透顶。

天津太小，总共就这些人。而这些人互相之间又都是网状的。她说她当初没有爱、没有任何负担地离开了。可是,当我们这次回来的时候,天津已经改变了模样。天津最近到处都在修路。娜老师说她在百货大楼的老宅子,也要拆掉了。那是关于一个孩子对于她最初的家的概念。

后来娜老师对我说,跟我一起在天津度过的那两天就像是梦。人生就像一场大梦,天津算是梦中的梦。

只有半梦半醒的时候,才是真情流露的时候。我在困了和饿了的时候,就变得特安静,谁都不想理,说起来有些乖僻。而我一正常了就变得特贫。

娜老师家的饭特好吃,但我经常会有压力,这个家庭太完美了,常常让我不由自主地矜持起来。三餐都异常地丰盛并美味,我爱在那里吃到的甜豆浆和油条,还有用海带和芝麻做成的酸甜可口的小菜。晚饭有一盆巨大的水果沙拉,里面有苹果、葡萄、香蕉、梨和猕猴桃。拌沙拉的酱是特地用草莓酸奶和沙拉酱调制的,入口时味道丰满,充盈了整个口腔。吃完饭,娜老师的父亲还特地打开一瓶红酒。我有些战战兢兢,几乎不敢去喝那酒。是不是突然和"家长"没了代沟,我还不太适应?还是这种美满、这种完美,让我顿时有了压力?

娜老师的父亲是我见过的最浪漫的居家男人。孩子都二十岁了,他还每天往家里买花,在饭桌上夸娜老师的母亲美丽,我们离开家门出去玩时,他会和孩子吻别。

这是真心且踏实的浪漫,绝无虚花招,一步一个脚印,看得人心里发软,也不由自主地想自己和幸福之间到底还有多远的距离。

我那两天话不怎么多,喜欢一个人静静地待着,人多的时候,我说完话,也喜欢一个人待着。我总是发愣,想事儿。阳光特别好,路过五大道的时候,我就想穿着比基尼在草地上晒太阳。

趁有一些时间,娜老师带我去了一些她熟悉并喜欢的小地方。我们泡在充满菊花香的蒸汽浴房里面,我只有在天津才可以享受到这么娴静的生活,慵懒而且舒适。我们在休息厅里面聊天,我说,这是我喝过的最好喝的菊花茶。二十元一壶，非常甜，非常好喝。我从来没有过这种享受，和朋友去泡桑拿，然后坐在休息厅悠闲地喝一壶菊花茶。在我没钱的时候，我不敢去想；有了钱之后，我又很难找到这样一个能一起洗澡一起喝茶的朋友。在去那家桑拿浴室的路上，我们坐在双层公共汽车的顶层，我靠着窗户，看下面的市民生活。路灯是黄色的，街上并没有什么行人。风吹着人有些凉。

洗澡很好，我喜欢在池里游泳，可惜池子太小。游泳的感觉真好，游裸泳的感觉更好。

一边写着这些的时候一边听着"Rancid"的歌，我在想要不要组个摇滚乐队。

我自己写完的东西自己很少看。因为写的过程太累了，我不想回忆那些过程。

最近在写一个长篇，都是小时候的事儿，名字还没定好，别的时间还不知道干吗。我最喜欢和朋友去西单或去网吧通宵。

也不太想出国了，因为不想把那么多钱花在国外的学习上，反正学历也没用，我要是出去就真是有一个特别喜欢的专业，而且学费又不贵。

要不然还是待在国内吧，平时听歌见朋友洗澡游泳。娜老师说她现在不思进取，苟延残喘或者碌碌无为，我想她还是在寻找一种现实的幸福吧。

她的嘴边总是挂着她男朋友的名字。虽然她还没有结婚。她成熟了好多，她的脸上总是充满笑容。作为她的朋友，我替她高兴，毕竟不用再像以前一样把这个圈子看得太重，不用再风里来雨里去一个人操心，不用再和更多的文学青年（尤其是文学女青年）对骂或争宠。而我又隐隐有些担心。但愿我的担心是多余且不合时宜的。而娜老师的大多数朋友，他们还在天津，还在尘土飞扬中走着。她的生活有了目标，那种现实的目标其实才是支撑一个人精神的力量和依据，只是又很容易让一个人迷失。

附记：后来，我们又在很多种场合中遇到彼此。当然，其间会见到一些人，发生一些事情。娜老师有些发福。她说，她现在心宽体胖，可是心眼却越来越小了。

她的生活很稳定，稳定得别人都害怕去打扰了。她现在最大的愿望就是：好好地生活，用心爱着一个男人。

通过此事，我也意识到一个问题。其实这个问题早就存在，只不过一直是我自己面对，并没有太在意：作品，或者说文学、艺术，到底是高于生活还是妥协于生活？生活比文学更重要吗？文学比生活更高贵吗？在必要的时候，文学要为生活牺牲吗？我知道，更多的时候，生活并不是更重要。

天蝎座女子——无名氏2

有些人，你一想到，首先不是痛恨不是热爱也不是担忧，而是想叹气。

无名氏2就是我一想到就想叹气的人。

对于她，我不知道该说什么好。虽然她现在在全国没有什么知名度，但在天津市，还算是小有名气的作家。算起来，我和她最初的见面还是在两年以前。那时我和老魏在一起，无名氏1还在暗恋我的阶段。那天我们去天津一个体育馆看摇滚演出，无名氏2作为我们其中一个朋友的好朋友来了。我们当时没有多说话，只记得她身材不高，有些胖，扎一个辫子，当时还在上高中。有点奇怪的小姑娘。

后来我的《北京娃娃》出版了，天津的一些文学女青年，包括娜老师和无名氏2，还有几个姑娘，都写了文章来支持我。无名氏2的文章给我留下了很深的印象。她写到我们第一次见面时，她感到我手特别凉。这种小细节还记得，无名氏2真的不简单。

大概在《北京娃娃》出版半年后，无名氏2的随笔和短篇小说集也出版了。她打电话给我，那是冬天，我陪她到农展馆开记者招待会。我发现，无名氏2变得爱打扮了，而我，应该像娜老师说的，"憔悴"了。也该我憔悴，谁叫我当时正天天惦记着到哪儿买名牌呢！那天见面，我向无名氏2透露了一些感情的不如意，无名氏2听了很动情，她也哭了。我爱上了那天的无名氏2。她说红孩子树树，我要写本书，让你知道生活特别美好，像你美好的小腿和锁骨。

从那以后，就很长时间没有再见到她。只在网上见到她贴的一些用数码相机拍的风景照和个人照片。在我回天津看蓉蓉的时候，我又见到了她。那时已经觉得她有些陌生。她向我问了一些问题，提到了另一个写作和唱歌的女孩，她问我知道那个女孩是怎么出名的吗？我不知道如何回答，因为我不知道。我感到她的野心在现实面前碰壁但决不气馁。我有些感到，她是个悲剧人物，并且结局一定悲剧。她的野心是无用的野心，并且会伤害到自己和爱她的人。那天晚上，无名氏2一直要求让我住在她家，说她想和我说说话。

我最终还是决定不住在她家，我那天和蓉蓉、无名氏1一起，在宁晨卖CD的小屋里待了一夜，也聊了一夜。

无名氏1曾对我说过，他特别讨厌娜老师和无名氏2，他说你以前没出名时她们怎么评论你的，现在你有名了，她们就追在你屁股后头巴结你，什么东西！

从天津回来后，娜老师对我说，无名氏2写了一篇文章，诉说见到我们的心情，无名氏2在文章里感慨我们都变了。是啊，我们都变了。只是，我没想写出来。我想起无名氏2书里写过的一句我非常喜欢的话："小溪想海洋，弗洛想伊德。"

在MSN上，无名氏2对我说，她很想哪天来北京和我聊聊，她有很多知心话要和我说。她还问："你一身行头要多少钱啊？很贵吧？"我想说，有些很贵，有些很便宜。他们说她现在在天津一家报社上班，负责一整个版面，每个月能挣六千多，这在天津来说应该很够用了。

她给我发来照片，说是她年轻的时候。我打开一看，是她剪着童花头穿一身棉布粉裙子的照片。她还发来她男朋友年轻时候的照片。我打开一看，男孩坐在山顶的石头上。然后，无名氏2说，还有你年轻的时候的呢。

我打开我年轻时候的照片，是在天津。有一张是我在肯德基困了，趴在桌子上，四周都是吃剩下的饮料包装、空的汉堡袋子。还有一张，是我依偎在无名氏1身边。我吓出一身汗来，我忘了这是我年轻的时候。

无名氏2，你呢？你还记得这句话吗？"小溪想海洋，弗洛想伊德。"

离现在最近的关于无名氏2的消息就是，传说她整容了。照片上她的眼睛比从前的大，鼻子也坚挺多了。她说她喜欢自己现在的样子，我和娜老师都说喜欢她以前的样子。

少年——蓉蓉

蓉蓉刚给我打过电话。我们聊了大概五十分钟。然后我说，我们就说到这儿吧，我要写小说了，我现在要写你了。我从成都回来后，蓉蓉一直没给我打电话，只是在"春树下"发了一首诗，充斥着"恨"和"要杀人"的字句。不知道她最近经历了什么，是不是她那个班主任又找她麻烦了？几天后的一个晚上，她给我打来电话。像从前一样，我们聊了很多，很快乐，甚至比从前还要快乐。在成都待了一个礼拜后，我们的关系发生了质的转变——她对我个人崇拜的时代过去了。我也不再当她是我单纯的书迷了,而是把她当作一个朋友。以前我在烦的时候,不会想给她打电话,而现在,我可以打了。

我现在特别想吃冰淇淋。但我屋里没有。我想起了在蓉蓉学校门口她给我买的冰淇淋,两块钱,很大的包装,有很多奶油,真的特别好吃。后来的几天我们一去她的学校就要买那种冰淇淋吃。最近一次,附近都没有那种冰淇淋了。于是最后一天,我们都没有吃到那种冰淇淋。

对成都很大一部分的记忆就是陪蓉蓉在她的学校里待着。那所学校是民办大学,地方挺偏僻,但校园还不错,有很多树。好像外地的很多大学都很美。相比起来,北京的大学除了北大清华外,基本上校园都小得可怜。蓉蓉说明天学校有个演出,她来弹古筝。我们帮蓉蓉把古筝搬到六楼的楼顶,她要先排练。天气阴沉沉的,不时有风刮过来。蓉蓉刚一开始弹古筝,我们就都傻了,真是"如听仙乐耳暂明"啊。蓉蓉一弹起琴来,表情就十分严肃,这和她的打扮一点也不相符。我总觉得蓉蓉长得比较"凶险",不太女性化。当时我还当着她一个会算命的大姐姐的面开玩笑,说她长得像是通缉犯的样子。在我们听蓉蓉弹古筝的时候,有个女生走上楼顶,戴着耳机走台步,穿得很少,上身只有一件无袖小T恤。可能是个业余模特。

我来成都的第二天,我们去蓉蓉家附近一个社区去照大头贴。在这之前,我基本没照过大头贴,我总觉得这特别做作。大家在摄像头面前摆出一副娇媚、温柔的样子来,真的那么有意思吗?阳光非常好,那个社区的总体色调是明黄色,阳光照在上面,很生动。蓉蓉说这里有一种童话般的色彩。我们拍完大头贴后,又用数码相机照了许多照片。玩了一会儿后,蓉蓉带我去了一个卖画的地方,她说那里有一个大姐姐很好,她有时间就经常过来和她聊天;还说那个大姐姐长发、很瘦、不施脂粉。我们到她那里时,她正在练毛笔字。她说话很轻柔,在我送给她一支口红时,她说我豪爽、出手大方。我不好意思地指着蓉蓉说,她才是真正的豪爽,我们出门打车时，从来都是她付账。姐姐给我算命，说我面相非常好，只是脑门长得不够宽，遇事容易钻牛角尖；还跟我说，我以后如果遇到困难不用担心，我的一生会遇到很多贵人，他们会帮助我。

在成都，蓉蓉给我留下的印象太深了。我简直觉得她是一个活雷锋，她才应该是我的偶像和榜样。她对钱的那种不计较，那种大方，那种从来都不为自己考虑的做派，让我为之折服。在我没来成都时，蓉蓉就跟我说，她在给我攒钱，留到我来时花。她攒了一千多块钱，都用在了我们打车、和朋友见面吃饭、唱歌上了。我也带了几千块钱，等我要回北京时，全花光了。在成都我买了几件衣服，还买了一双鞋。那双鞋是我们集体逛街时我看到的，黑色，平跟，到小腿肚儿那里。玲子也想买，但只有一双。玲子是我们共同的朋友，长得娇小玲珑，喜欢摇滚乐，在成都上大一。那天李洋把他的皮夹克脱给我，我换上刚买来的鞋和一条蓝绿色的紧身迷彩裤，穿上皮夹克，他又给我系上他的钉皮带。李洋穿上了我本来穿的迷彩上衣。他本来就穿着一条黑色的紧身裤和黑色的高帮帆布鞋，还戴着黑色的帽子。这样打扮完，我们都像是CS游戏里的人物。

我觉得浑身是劲儿。成都十月的天气还很暖和，街上的女孩喜欢穿长的衣服和短裙，搭配高跟或平跟的靴子，以便露出一截纤细的小腿。我发现成都小店里的裙子比北京的好看，花色多，而且做工好。可惜比较贵。我没有钱买裙子了。我和蓉蓉基本上天天逛街，也发现了一些好玩的小玩意，比如"南方公园"的袜子和一件非常好看的绿色T恤。那件T恤非常小，我只能勉强穿进去。后来的几天，我就一直穿着那件T恤。

我成都的朋友小丁把我叫到一边，悄悄地说他喜欢上了玲子。我吓了一跳，有点想笑。可小丁表情认真，他说他可能是太寂寞了，身边一直没有什么女孩。可玲子有男朋友，她的男朋友小池是李洋的好朋友，也是我的朋友。而小丁也是我的好朋友。这关系太复杂了，搞不好以后都得翻脸。而玲子还没有发现这一切。可一个青年的寂寞怎么会是一句话能解决的呢？小丁说，你不会笑话我吧？你可不要跟别人说哦。

蓉蓉带了一个叫李姗的女孩和我们一起去唱卡拉OK，在这之前她就跟我说起过李姗："她也看过你的书。而且她说她当时看完后就很想认识你。我就是因为这个才跟她好的。"小丁不时和我窃窃私语，玲子根本没有察觉小丁的心思，可李洋和蓉蓉猜到了，他们都是太敏感的人。我们唱了许多歌，午夜时，李洋和李姗已经困了。我们还精神，蓉蓉出去买烟。小丁在唱刘德华的《相思成灾》，他嗓子都快哑了。这首歌我在北京听他唱过。李洋当时还嘲笑我说让我左胳膊纹一个"相思成灾"，右胳膊纹一个"K歌之王"。不用说，这两首歌都是小丁介绍给我，并发扬光大的。我说那你纹什么？他说他左胳膊纹一个"罗大佑"，右胳膊纹一个"北京娃娃"。

和李洋的相知是在迷笛音乐节。早在夏天我去青岛玩时，就见到了他。那时玲子不在青岛，所以我见到了她的一大堆朋友。我们一起吃了一顿饭。后来李洋跟我说，他们都没想到我那么瘦。吃完饭，我和女孩走在前面，他们走在后面。李洋指着我的背影说：我想要她。小池说：你说什么？李洋又重复了一遍：我想要她。小池感到不可思议，他用青岛话说：你想干什么？在迷笛，李洋用他简单而又直接的方法实现了我的梦想。我的梦想很简单。风很凉，他给我穿上他的皮夹克，然后替我拉上拉链。平生第一次，我穿上一个人亲手为我穿的皮夹克。我对我喜欢的东西，从来不主动追求。就像我喜欢大学，但我从来没有参加过高考；我想出国，但我从来没有央求。我知道，有些想法只要我去做我就能实现，可我偏偏喜欢一件事情直接掉到我的头上。我喜欢梦想不用追求就会实现。我爱一个人，我就等他来对我说。我爱上一种感觉，我就只能等它自己来找我。我有了钱，但我从来没有想过为自己去买一件皮夹克。我喜欢朋克的衣服，可我从来没有想过穿。直到认识了李洋。那天我里面穿的是一件娜老师给我的黄色睡衣——"维多利亚的秘密"。非常紧，长长的黄色的睡衣，风一吹就露出我的腿。后来有人问我为什么要这么穿，我对她说,女孩,生命只有一次,想穿什么就穿什么吧!有时候,我说的话非常矛盾。

我就住在蓉蓉家。她家做的是典型的重庆菜。蓉蓉告诉过我,她家在重庆,只不过现在住在成都。她很不喜欢成都。

李姗经常跟我一起去逛街。她有一次穿的是蓉蓉的鞋子,鞋很小,她就蹦着走,实在不成了,她只好待在麦当劳等我和蓉蓉。在我来成都的第一天,蓉蓉就说,我们去找李姗,她现在不知道在哪里,手机也丢了,她也不回家,也不在她租的地方。她说李姗看我的书看哭了,我心里顿时有了责任感,我说我一定要和她好好聊聊。后来李姗和我说了她家里的一些事。她父母常年工作在外,只有奶奶在家,可奶奶老打她。她从大学退学有一部分原因是她家不同意她和她男朋友在一起,还有一部分原因是她想离开那个家。我们见过她男朋友的照片,长得有点像小丁。现在李姗在找工作,因为她没有钱,她说也不想再去麻烦她的男朋友。她和她男朋友跟别人合租的房子已经退掉了,现在她也没地方住。蓉蓉提起李姗总是一副恨铁不成钢的样子,她说李姗太懒了,让李姗找着工作后一分钱都不许花,先花她的钱,她在学校的饭费和她的零花钱足够她们一起花了。"让李姗把钱存着以后学门技术,她以后也不能老给别人端盘子啊。"蓉蓉在说这些的时候表情严肃,看起来好像李姗的姐姐。

那天蓉蓉的学校四川新路学院的读者协会办了一场"新的旅程"主题晚会,我们都去了。蓉蓉要表演古筝。我和李洋到学院的教室时,教室里正放着《明天会更好》的MTV。好久没听这种歌了,我恍然回到了十几年前。主持人还换上了西服和领带,女生换上了裙子,前排请了一堆不知道干吗的领导。

每人发了一张节目单和一张感谢条。我就记得还感谢了门口某理发店,问了半天也没问清这理发店和晚会有什么关系。

节目单附下:

四川新路学院读者协会"新的旅程"主题晚会节目单

主持人：吴雅杰、潘虹、艾春杨、晴弦

节目顺序	节目名称	表演者	预计时间
1	到场嘉宾介绍	主持人	2分
2	顾问讲话	封处长	3分
3	会长发言	陈国兵	3分
4	唱歌《看海》	杨辉	4分
5	舞蹈《Do or Die》	陈兴亮	4分
6	唱歌《黄昏》	谢品德	4分
7	吉他奏唱《静止》	杨冰	5分
8	唱歌《涛声依旧》	李鸿才	4分
9	互动游戏"开心问答"	主持人和八名观众	5分
10	笛子演奏《牡丹之歌》	李竹清	4分
11	唱歌《我比谁都清楚》	吴雅杰	4分
12	舞蹈《孔雀舞》	卿冬梅	4分

续表

节目顺序	节目名称	表演者	预计时间
13	小品《SARS风波》	吴琪等	5分
14	诗歌朗诵《致橡树》	罗玉裳	5分
15	唱歌《爱一回伤一回》	屈荣平	4分
16	互动游戏"成语接龙"	主持人	5分
17	古筝演奏《大路歌》《采花》	张蓉	6分
18	唱歌《今天》	陈国兵	4分
19	邀请领导讲话	曹部长	4分
20	大合唱《明天会更好》	读者协会全体会员	5分
21	邀请到场嘉宾合影留念		

蓉蓉的班主任没去。蓉蓉刚交了转系申请，她要转到英语系。其实她想上一所音乐学校。她说班主任可能是不想见到她。"他也不敢见你。"我补充说。她的班主

任长得形容猥琐、五大三粗，根本配不上她。刚出火车站，只见蓉蓉一个人来接我，我说你不是说还有你班主任也来吗？她指了指前面的一堆车，说，他在他车里等着我们呢。我们走过去，班主任从他的小车里钻出来，说，你好，我们去吃饭吧。我想起他曾说过我来成都请我吃火锅。当时我觉得有点不好意思，现在一看他这样子，我有种说不出来的反感，就让他请吧！就让他掏钱吧！蓉蓉倒是小脸嫩乎乎的，穿得也一派天真，在班主任面前更像孩子。吃饭时我把杯子里的水打翻了，本来我有好多话想说的，可在这中年男人旁边，我一句话也说不出来，不禁暗暗埋怨蓉蓉为什么和他一起来接我。在饭桌上，班主任还递给我一张名片，我一看，新路学院副教授。

吃完饭，班主任说送我们回家。一路上唠唠叨叨，不断地讨论哪条路最近最省油钱，我更烦他了！尤其是我说我想上厕所，他却向前开了两里地而没有在我们前面只有半站地的厕所停时，我对他的厌恶已经到了极点。上完厕所，我和蓉蓉商量了一下，然后对他说我们自己打车走吧。班主任还不好意思呢，说不用不用，我送你们吧。僵持不下的时候，我一把拉开车门，拿出行李，说：我们自己走就行，不用你送了，谢谢！真不用你送了！

坐上出租车，我才松了一口气，再看蓉蓉，也快乐多了。她说她跟那班主任说了好几次分手了，他都不同意。"今天是他死缠着要来接你，我实在没办法就叫他来了。"

蓉蓉带我坐车去活水公园。一路上，我们唱了许多歌。我唱歌走调，且只有一个调，蓉蓉就教我该怎么唱。我总算唱了一句歌没有走调，那就是我以前常常在娜老师或者是无名氏2的文章中看到的一句："让软弱的我们懂得残忍，狠狠面对人生每次寒冷。"我还唱了许多革命歌曲，像《抬头望见北斗星》《映山红》什么的。

李洋跟我说：我们干脆在新路学院上一年学吧！你写小说，我弹琴，怎么样？这个学校虽然很差，但环境还不错。

我笑着，没说话。在这里的确可以做到什么也不想，什么也不管。

新路学院操场上有人在打篮球。我已经好久没有来学校了。黄昏时，我们坐在篮球场边，喝着蓉蓉给我们买的玻璃瓶装的可口可乐，抽着"中南海"和各种烟，吃着蓉蓉和李姗买来的冰淇淋，有时候会想起北京。

在青羊宫，我抽到的是下签。我恍惚而郁闷。李洋很高兴，他还和庙里的道士聊了几句，道士说他有些道缘，他很高兴。

在回家的火车上，我落下了我的随身听。那是个红色的随身听，我丢了一个后曾买了一个一模一样的，现在又丢了。我想好过几天有钱了再买一个同样的。在火车上，我骂那个女乘务员：瞧你说的那攀枝花语！

那趟车是从攀枝花首发。

蓉蓉说：我退学了，又重新上高三了。我想考一所音乐学校，就弹古筝。

蓉蓉说：我在看历史书呢，羡慕吧？

蓉蓉说：还记得我带你去看的那个姐姐吗？……

蓉蓉说：我很想你，我哭了。刚认识你时，我怕你觉得我想认识你是虚荣。我好爱你啊，为了你，我愿意做任何事。你相信我吗？

新死

有一天，我的妹妹给我打来电话，她说伟波死了。

我说：怎么死的？

她说：听说好像是跟人打架。他让人给捅死了。

我说：哦。这是什么时候的事？

虽然我和伟波很好，但很少有人知道我和他很好，也许我的哥哥知道，也许村里的几个玩伴知道，但伟波的父母不会太清楚。虽然他们知道我和伟波很好，那也只是因为我哥哥和伟波很好，他们也许不会知道我和伟波好，和我的哥哥没有太大的关系。我记得今年回老家时，有一天我去伟波家找他，他不在，我在他家坐了一会儿，他的父母还送我出门，他们站在门口，目送我们

（当时还有村里的几个玩伴）走，这让我感到既亲切又有些悲伤。我感觉到在城里生活了以后，就很少再有人这么无私朴实地对我了。我知道伟波死了这件事（如果他真的死了）不会有人告诉我，起码不会立刻告诉我。我在北京，他们散在各地，有人在村里，有人在外地打工。伟波也在外地打工。我哥在北京当兵。

我妹妹说：好像是一个月前的事。

我说：哦。知道了。

好像然后我们就没有再提到他。我妹妹也知道我和伟波很好，但也许并不了解我和伟波到底有多好。事实上我在平时，也不会想到这一点。因为我和伟波的生活，基本上没有一点交集。

我妹妹是在老家的县城给我打来电话的。她那边的声音比较嘈杂，应该在街上。我妹妹在县城上班，她是做衣服的。她会做衣服是因为我二姨会做衣服，我二姨是她妈，我二姨让她继承了她的职业。其实我妹妹对做衣服没什么兴趣。她说：天天待着烦死了，真是上够班了。

我说是啊，你还年轻，不应该天天做衣服。

我曾经承诺过，如果我有一天混出来（这个概念的意思是我有了"可持续性发展"，并且不必为生活奔波）了，我就让她过上她喜欢的生活（也是我们共同喜欢的生活）。她不用再天天干她不喜欢的工作，如果她想上学，现在有很多只要交学费就可以上学的地方；如果她想玩，只要有钱也可以解决。我说我要和她生活在一起，我们一起上学，或一起玩，如果到时候我们都有工作能力了，我们也可以工作。当然我们不会再考虑工资要解决生计。这样我们多自由、多开心啊！或许我们还可以组个摇滚乐队，不会弹琴可以学嘛！

在今年回老家时，我又跟我妹妹承诺过一次。没人要求我做这种承诺，但我想。这是我最大的愿望，我的愿望就是和我妹妹一起生活。我们在一起的时候，简直太开心了。我回老家的时候，是冬天，那几天，我和我妹妹几乎天天都骑车进城上网。那是一个小县城，网吧非常多。贝贝（我妹妹的名字）带我到过莱州最大的几个网吧，有一个我记得很清楚，叫"海楠网吧"。我们

到网吧上网聊天,我发现她每次都上莱州的聊天室,这像一个大的局域网,经常发生这种对话:

A问:你是哪儿的?

B答:莱州××村。

哈哈,想起来我就想笑。那几天快活的日子,我和我妹妹经常骑着自行车到处逛,她带我到任何我没去过的地方。逛那里的集贸市场买衣服和化妆品,去小巷子里的书店。逛当地最大的超市,我们就会在超市里买果冻、餐巾纸、擦脸油之类的小东西。我拿着傻瓜照相机给她拍照,我们的笑脸印在相纸上,有照片为证。一回到老家我就发现我变成了大款,几乎所有的小件的东西我都买得起,如果我愿意,我甚至可以买辆摩托车。贝贝还带我去了一家她经常吃饭的地方,那是在长途车站旁的一家兰州拉面馆。可是去的那天,面馆没开门。那是大年初四,很多家店都没有恢复营业。在以后的几天,我们都没吃上那家拉面馆的面,贝贝跟我说,咱们现在吃的面条,比起那家店的味儿,真是差远了。

我在老家过的年,也就是在我妹妹家(二姨家)过的。随后的几天，我回到我父母原来的村子。那也是我姥姥、姥爷、爷爷、奶奶的村。也是我小时候在那里上过两年学的村。也就是伟波和我哥哥的村。我们都是一个村的。那个村叫"邹家村"。

这就是我最后见到伟波的时间。距我妹妹告诉我他死了有一个月。

从我听到我妹妹说这个消息的时间算起，那是一个月前。

我回村后的第一天，就去找了伟波，他爸妈说他去看他姐了。他姐已经嫁人了，嫁到了外村。他姐嫁人的时候，我不在村里，但后来我看到了录像，就在伟波家。那年看到他姐结婚的录像时，我还挺胖，可能比现在沉十几斤。这次我回来他们都说我瘦了。

没见着伟波之前，我也没闲着，我见了几个另外的玩伴，有小朋、考中、新波和玉青。他们都和我同龄。我没见着冬冬和海军，冬冬妈说冬冬出去当兵了，小朋他们说海军上他对象家了。我到小朋家坐了一会儿，另外几个人也都在，他们在抽烟。我不知我应该不应该抽。我妹妹跟我说过，在我们老家，抽烟的女人会被人当成"鸡"。在他们的印象里，只有"鸡"才抽烟（当然是指女的）。这里面有性别歧视的调调。我当然很了解我们老家的情况（也很理解），但出于诚实，我应该不应该让他们了解到我其实会抽烟呢？而且抽烟已经变成了我的习惯。在我妹妹面前，我不会有这种矛盾，因为她了解我。她也抽，但她抽得少。说实话，在我妹妹面前，我非常自如，简直就像是在北京一样，或者说简直像我一直在我妹妹身旁一样。我所有的转变她都会理解，并且配合。我也是。

看着他们抽烟，我简直快变成了热锅上的蚂蚁，他们抽烟已经勾起了我的烟瘾，而且让我有了倾诉的欲望。比如说我为什么变瘦了、为什么也抽烟、为什么写诗（后两者他们还不知道）。几乎是在十分钟之内，我的心事已经到达了高潮，我已经到了再不说明一切（我想抽烟）就必须要离开的地步了。

我开口说你们不介意我也抽吧？

当然不介意，你随便。他们说，并且给我递上烟来。小朋还给我点了烟，但我能感受到那一瞬间他对我的轻蔑。我能感觉出来。真的，如果连小时候在一起成长的朋友我都感觉不到他们的心情变化，那我就白活了。但我没有后悔。我没有余地。他们早晚会知道真正的我，我不想隐瞒。隐瞒是虚假的，是对他们——也就是对曾经的我们的不尊重。他们早晚会知道我也抽烟，他们必须接受真正的我。为什么他们能抽烟我就不能？我们都是同龄人。难道就因为他们是男的我是女的？我觉得也许村里的思想落后十年，但悲剧不要在我认识的人身上重现了。

从小朋家出来，我又去了趟新波家。他在城里上高中。他和我一样大，为了考学有把握，他又重读了一年高中。我和新波随便聊着，和他见面，我有一种青梅竹马的感觉，也许境遇都变了，但那种温情的感觉是不会变的。

我是晚上才见到德州的。他和他娘正在炕上吃饭，他妻子在喂孩子。德州见到我很高兴，他说你看我现在结婚了，连孩子都有了，去年你见着我时我还没结婚呢。我问孩子是男孩还是女孩。德州说是男孩。我又问了德州伟波什么时候回来。德州说可能明天就回来了，明天我见着他叫他找你耍。德州的妈一直说明明（我的小名，村里人都叫我们的小名）吃点饭吧。我说不吃了。临走前，德州妈还说，给芳（我妈）带个好。

伟波第二天一早就来找我了。我说咱们到村头散散步吧。伟波说咱都大了，我都不好上你门找你了。我说没事儿，别管它。他说你还是大大咧咧的，没变。

村头挺冷，冬天田里没人，路上也没什么人。我说这要是夏天该多好，冬天太冷了。我们还聊到了结婚的事，我说我昨天去见德州了，他都有孩子了。我问他什么时候也会结婚。伟波说还不知道呢，还没处对象。他说，还记得你去年回来的时候吗？咱耍得多快乐，就是现在想回去，也不可能了，咱都慢慢长大了，德州都结婚了，可能过两年我也要结婚了。

我说是啊，前两年我们玩得太快活了，太幸福了，也许这种日子以后都不会再有了。我没让他多说，我也没多说，我只是说，我想上网，你带我去上网吧。他说行,咱镇里有网吧,离咱村不太远。

伟波用摩托车带我去镇里上网时,我用手搂着他的腰。他把我带到网吧,就去找他同学了。我拿出烟,没对他多废话,说:我抽烟。他说好。然后欲言又止:你少抽点。

没想到伟波没多说我。去年回老家,我染着黄头发,他没少教训我,跟我说黑头发多么多么好,让我至少下回回来别染头发,村上的老人也许会有看法。这次他没怎么说我,可能是意识到我怎么变都是我,我永远都是那么可爱。

从网吧上完网,伟波还没回来,我在网吧门口等他。其间给我男朋友打了几个电话。我不知道到哪里找伟波,他没有手机,我的新手机号还没告诉他。我有点茫然。但那只是几乎转瞬即逝的感觉。

回去的路上,伟波带我到他另一个同学家玩了会儿。我有些矜持地坐在他同学家的炕上,同学的父母问伟波:这是你媳妇?伟波笑着,又有点害羞地说:哪儿啊,她是明明,是我妹。是啊,我的打扮并不像是生活在本地的人。

按村上的亲戚关系，我和伟波肯定也会有些亲戚关系。一个村的嘛，几乎家家户户都是亲戚。

我记得伟波跟我说的最后一句话是：别忘了把你的手机号告诉我，我好给你打电话。

回到村后的第三天我就走了，我之所以这么心急如焚，是因为我男朋友当时也由老家回北京了。我非常想见我的男朋友。我临走时，没和别人打招呼。

从我妹妹对我说伟波已经死了以后大概又过了一个月，有一天我回家，想起这件事，对我妈说：妈，你知道伟波的事吗？我妈说：什么事？我说：伟波死了。我顿了一下，接着说：贝贝说的。我妈说：知道，听说是让人给捅死的，打架嘛。

我说：妈，伟波多大？我妈说：不大点儿，比你大几岁，跟你哥差不多。我说哦，然后我说：那伟波他爸他妈多可怜啊。我妈说：是啊，他家还有个闺女，也结婚走了。两个老人现在身边没人了。

我从来都不适应沉重的气氛,我是个沉重的人,但我常常装得很快活。于是我说:这还是我第一次经历朋友死了呢!

回到我的屋,我还是压抑不了我的情绪,我终于在伟波死了两个多月以后,趴在床上,搂着我的芝麻(我的熊的名字)哭了起来。我越哭越伤心,我甚至希望是我死了而不是他,我多希望是我代替他死。我甚至不相信伟波已经死了。我想起很多往事,那完全可以写成另一篇小说了。只有他给过我像我哥哥般的温情,自从我哥当兵、自从我喜欢上摇滚乐以后,我和我哥就产生了一些隔膜,虽然也只是表面和暂时的,可我哥不再像小时候那样在我身边了。我想起伟波的话,那些快乐可能都不会再有了。伟波的死消解了我对现在故乡的至少一部分温情。他的死,让所有的人都不再可能(除了我自己)知道我们曾经有过的温情。但我是个矛盾的人,我只哭了不到十分钟。随后我就到阳台去抽了一支烟。

2003.8.23

我给伟波写的两首诗

芦苇岸

这里曾经是一片水面

长着密密麻麻的芦苇

芦苇什么样

我可以想象

风一吹

芦花就荡漾

在夜晚的水面

我们走在路边

平实的路上

我要想象

曾经的芦苇岸

和风

白色的芦花

水面的颜色和光泽

都和我此时的心情有关

我们走啊走啊

我一直没有理由牵住你的手

我想拉拉你的手

告诉你,这就是你们拥有的花样年华

一个朋友的死

是不是让你有了可以向别人

炫耀的经历?

悲剧总能打动一部分人

在时间地点都不清楚的情况下

你出人意料地怒了

你拍案而起

我为什么要对你们说这些?

你们谁也不懂

一个朋友的死

这个事件

将影响到什么

何况还不仅仅是朋友

何况仅仅是死

让人杀死了

你总爱用这种

更容易打动人的词

捅了一刀子

"像一把刀子"

在如此现实的现实里

某文盲语的"玩文学的、唱摇滚的、搞画画的"

都变成傻×了

都虚弱到姥姥家了

即使大哭一场也不行

即使代替他死也不行

故乡

我回老家了。还有我爸我妈我弟。我吐了一路。

我一直在思念我的故乡。无数次。本想写下来,但太多的东西是只能意会的,写下来也怕亵渎了她。

这里到处都是田野和小小的、连绵起伏的丘陵,有山、有水,清澈、波光粼粼,我坐在车的后面,敞开的视野。汽车在平坦、干净却曲折的山路上行驶时,速度几乎达到极限,比在高速公路上快多了。我看到瞬间飞过的麦田、玉米地、大豆田,看到不远处绵延的青山,还有树。槐树,还有质朴、温和、严肃而不乏脉脉含情的白杨树。山风吹到脸上竟有一种半边脸麻了的感觉。

我先到我妹妹的村里住了几天。当时我回去时她还没放假，天天清早5点就起床做饭上学。晚上我们就早早上了床聊天。我心里有许多烦心的事。我想为什么妹妹在旁边我还觉得忧愁呢？后来我就跟她说一些我的烦恼，说了七八件，大事还没说呢，比如以后怎样上学、生活等等。我发现相比之下，妹妹要比我单纯多了。后来我们睡着了，我做了好多梦，还有一个梦是关于西×中学的。我记得很清楚，那些梦五颜六色，而且像蛋糕一样有种甜甜的不真实感。反正醒来之后，我既没有难过也没有欣喜。

早上我醒来时，我妹妹已经上学走了。

这次回来我没带什么衣服，在北京的衣服裤子都只能单穿。带了两套英汉、汉英词典，以及几本小说，还有十几盒磁带。我准备天天在炕上待着，炕上还比较暖和，这里屋里和外面温度差不多，现在屋外又飘起了雪花。

几天后我到我姥姥家住。我奶奶也来找我，我去她家吃了饭。她家的电视是原来我们家看剩下给他们的，

21英寸彩电。墙上还贴着被烟熏黑了的主席的画像，我从小时候就天天看着的，一直到现在还没有摘下来。我都说吃不下了，她还非逼着我多吃点儿。我记得她的院子里种了两株粉红色的杜鹃花，还有开橙色花朵的百合花，每年夏天都会开放，还有那不起眼的太阳花，那五片粉红色的花瓣灿烂极了！记得小时候我特别不喜欢我奶奶，因为那时她和我妈的关系很不好，所以我从小就讨厌她。现在我也不怎么和她说话。她的确是个精细的人，只是对我们小一辈的孩子挺好的，但我从不买她的账。她是一个个子矮小、皮肤很白的小老太太，和我黑瘦、身体不好的爷爷相依为命。我三姑家的院子里还种着一棵石榴树，每年都会开放鲜红色的石榴花。小时候我老到三姑家找我哥玩，我总是在夏天掐下一大把石榴花染红指甲。我和我哥还老拿面洗了做面胶粘知了，一被我三姑看见就骂我们作践粮食。那真是我小时候最快乐的事了。

天是黑乎乎的，星星特别多，简直是灿烂夺目，还能看到银河。这样的夜空在我看来竟然有点恐怖。晚上我住在三姑家，她把我哥的屋腾出来让我睡，被褥之类的全换了。睡得真甜，做了好多栩栩如生的梦，梦中坐火车，似乎去一个海边，但途中看到连绵起伏的高山，山上点点白雪，美极了，宏伟极了！

白天和村里一个朋友到田野里散步，白雪覆盖着小路，麦苗绿油油的，前面是长满青松的南山，回头望是柴草垛，是山村。我们慢慢地走着，看着结了冰的小河。

我想起我写过的一段文字：三月，村边的小河融冰了，河边的草地萌绿了，燕子开始飞回来筑巢，几乎每一家早上醒来都会发现自家的屋檐下有几只小燕子忙忙碌碌的身影。家家户户都激动着，沉醉在这明媚的春光里。

我什么都没有想，脑海里空空的。傍晚时分，夕阳是冷清到极点的样子，仁慈地露出五分钟的霞光。我看着光秃秃的树杈和上面的积雪，或许什么都没有想。或许什么都想过了。

我和妹妹在舅舅家看从集上花五块钱买回来的《阳

光灿烂的日子》，不错，居然还能看。马小军笑起来真很七十年代。总之现在不会有人有那样的笑容。连相貌都是时间性的，每个年代有每个年代的容颜。只是常常会出现"不合时宜的人"。白衬衫，小平头，绿军装，真是帅得不得了。

市里的电视台新开了一个点歌频道，十块钱一次。很多人点张信哲，有大约20%的人点伍佰和"Beyond"，还有个别同志点王菲和许美静。最好玩的是等别人选歌的时候，盯着屏幕喊自己喜欢的歌名，比如："《海阔天空》!《旧日的足迹》!《挪威的森林》!《闷》!《雪人》!《谢谢你的爱》!……"运气好的时候真的会选成我喜欢的，但运气不好的时候，听到的就是《懂你》和《咱当兵的人》了。就在那段时间我听了许多流行歌。

大年初一初二，家家户户放鞭炮，7点多我就给震醒了，别人早就起床了，但我实在太困。三姑、我奶奶、我姥姥都一遍遍地叫我，我的小伙伴也来叫我。三十晚上我是在一个小时候的玩伴家里过的，一共来了十来个人，都是十七八、十八九大小，围着打牌、下棋、吃瓜子、看电视。炕上特别热，简直烫人，我们盖着被，喝着茶水。他们对我简直是体贴得不能再体贴了，我想吃苹果就削了皮递到我手里，我想吃瓜子就给我剥瓜子仁。还一块块地给我剥糖，我来者不拒，全都笑着吃掉，早忘了吃糖太多的种种坏处。每次玩完伟波都主动给我送回到我三姑家门口，然后看着我进门。在我哥没当兵前他和我哥是好朋友。说实在的，这两天我一直是归心似箭，但只要和他们在一起，总是很快乐。想到春节过了就得很快离开这儿，又挺不舍。那一望无际的田野，冷冷的风和冲天的白杨，都是那么吸引我。这里的冬天，天很蓝很高，阳光变幻莫测，红砖瓦房和路边的野草无不显示出一种坚硬的力度。就像北京的冬天被怀念者怀念一样，这里的冬天也让我在沉默中呼吸。没有什么比田野中新鲜的空气更让我感到舒服高兴的了。

白雪上覆盖着红色的碎纸屑子，家家门口贴着龙飞凤舞的对联。我在几乎每一个童年时的玩伴家里，都看到了挂着的我们在幼儿园时和同班小朋友的合影。我们穿着幼儿园的校服,男孩蓝色,女孩粉色,排成两队站在春天的桃树底下,我被晒得红里发黑的脸,目光执着地望向某个不知名的远方。

"嘉芙,你是多大去北京的?"我在邻居海波家串门时他问我。他现在在城里一所中学上高二,听说现在学习挺上进的。

"大概九岁的时候吧。"我说。

"你是看了《妈妈再爱我一次》才走的吗?"雪红问我。我记得很清楚,那是一部在大陆大赚眼泪的台湾电影,当时很有名。

"她那时还没有。"海波接口说道。

我的脸腾地热起来,像发了烧一样辣得撩人。

"不,她看了。"雪红说。

"我看了才走的。"

"你哭了吗?"雪红问。

"哭了。"我说。

我记得那时我大概六岁，村里说在大礼堂看电影，我们就一直往那儿赶。走到村头遇到几个人，她们问我们有没有带手绢，因为那时那部影片的广告词是："想看这部电影吗？别忘了带上你的手绢。"我想我肯定得哭。于是我们又回到家里取手绢。到达电影院时已经开场半天了，我好长时间都没有看懂，只记得片中有一个小男孩和一位年轻温柔的女子，可是后来我还是哭了，哭得稀里哗啦。看这种片子，对我来说，不哭是不可能的。

我出生在山东省的一个农村。我爸爸是一名军人，我九岁来到北京，那时我上小学三年级。

我觉得我是最后一代对老家还有感情的。我弟比我小六岁，他每回也挺热衷回老家的，但是我们的目的完全不一样。他俨然一种衣锦还乡的感觉，和我的缅怀童年之类，大大地不一样。他对我们的故乡没有一个直观的感受，他还没懂事就来到北京上幼儿园和小学了，而我在老家待到小学三年级。我想我还能算得上一个幸福的人。我的"内心深处"还是有"寄托"的。

这次回来我听到的最大的消息就是雪红跟人订婚了。雪红家就住在原来我们家的西头。她还有一个弟弟，特别顽皮，每回一不听话就会被他爸拎到村口吊着打屁股，小男孩就会发出杀猪般的声音。在我印象里雪红姐姐好像只比我大了那么四五岁，怎么一转眼已经订婚了？我知道和她订婚的那个人就住在邻村李家村，只是个普通的男青年，她原来的老同学。

我在她家的炕上问她喜欢那个人吗。

我觉得自己问的有点像废话。简直就是废话。雪红姐是那种长得好看又懂事的姑娘，那种怎么过都应该不会太差的女孩。

我不喜欢他。我有时候觉得他特傻。雪红微笑着说。

然后她又安静地微笑着补充了一句：我谁也不喜欢。

她的面容真的是平静且美丽的。如果你愿意的话，也可以说那张面容是幸福的。

她向来这样，从来就没有什么烦心的事，开开心心地活着，顺其自然一步一个脚印，所以一定不会"红颜薄命"的。

也许是我们多操心了。村里的人叹息地说雪红的心气不太高。她们也许认为她完全可以找到更好的人选，以她的相貌和怡人的性格。可她就是这么心满意足地订婚了，一年或半年后就会嫁给她的那个老同学。

这让我想起我的小姨。是我小姨带我长大的，在我爸在北京、我妈还没有随军的时候，是我小姨陪我和我妈住在一起，给我读故事书，给我唱歌，给我讲题。那时她上大学，暑假回来用录音机大声放最新的流行歌："你从哪里来，我的朋友，好像一只蝴蝶飞进我的窗口……"窗外是她洗好晾着的白床单，院子里是白色的蔷薇花，小姨的头发亮晶晶的，那样飘洒着的美好的青春。